AF188862

Buch

Die 13-jährige Sabine ist eine typische Teenagerin mit all den Problemen und Sorgen, mit denen man sich in diesem Alter rumzuschlagen hat. Sie kämpft aber auch gegen einen Stalker, der ihr in Form eines Schattens folgt. Doch wer oder was ist er? Sabine kann sich verschiedener Quellen bedienen, um sich ihr Leben verständlicher zu gestalten. Sie lernt vom Wissen und den Erfahrungen anderer. Sie zieht sich häufig in eine Gedankenwelt zurück, von der ihr Umfeld nichts mitbekommt. Für ihre Eltern ist sie eine pubertierende 13-Jährige, die einfach nur in einer Phase steckt.

Dieses Buch ist nicht nur ein Buch zur Unterhaltung. Es gibt jungen Mädchen auf verschiedene Weisen Hilfestellungen im Umgang mit dem Erwachsenwerden. Erwachsenen hilft es, Teenager besser zu verstehen.

Autor

Tobias Roese, geboren 1975 in Baden-Württemberg, arbeitet seit über 20 Jahren in Schulen und in seiner Praxis mit Kindern zusammen. Als Wegweiser versucht er ihnen zur Seite zu stehen. In diesem Roman baut er Fakten mit ein, die der Leser gemeinsam mit Sabine lernen und begreifen kann.

Tobias Roese

Ausweg
aus dem Teenager-Irrgarten

Tipps und Ratschläge in Romanform
für Teenager und Eltern

Ich danke meiner Inspiration!
Ohne Dich wäre dieses Buch nie entstanden.

Bibliografische Information der Deutschen Nationalbibliothek: Die Deutsche Nationalbibliothek verzeichnet diese Publikation in der Deutschen Nationalbibliografie; detaillierte bibliografische Daten sind im Internet über dnb.dnb.de abrufbar.

© 2018 Tobias Roese

Herstellung und Verlag:
BoD – Books on Demand, Norderstedt

ISBN: 9783748167594

Vorwort

Was ist das Leben und was ist sein Sinn? Was ist Wahrheit? Wer sind wir überhaupt? Spannende Fragen, die uns beim Erwachsenwerden aufkommen. Der Leser kann gemeinsam mit Sabine herausfinden, dass die Wahrheit des einen, nicht die Wahrheit eines anderen sein muss. Unsere Gedanken führen und lenken uns in unserem Leben. Aus ihnen ergibt sich die Wahrheit jedes Einzelnen. Aus dieser Wahrheit heraus ergibt sich auch eine individuelle Interpretation der Frage nach dem Sinn des Lebens.

Sabine ist auf einer Reise der Selbstfindung. Sie erhält Unterstützung aus einem Buch und von einer Person.

Liebe Leserin, lieber Leser, begleite bzw. begleiten Sie Sabine auf ihrem Pfad. Es gibt für jeden etwas zu entdecken. Ich denke, das Buch leicht und verständlich geschrieben zu haben, so dass es jeder rasch aufnehmen kann. Dabei wünsche ich zum einen viel Freude und Spaß und zum anderen – und vor allem – viel Erfolg!

Kapitel 1

Wer bin ich?

Leise wirbelten die kleinen Flocken durch die Luft. Sie tanzten wie zu einem Walzer, ehe sie langsam und sachte zu Boden fielen. Wie ein sehr dünnes Bettlaken bedeckten sie gemeinsam die Straßen und freien Flächen. Die Dunkelheit versuchte den frühen Montagmorgen zu beherrschen, doch die weißen Flocken hellten nicht nur die Stimmungen vieler Kinder auf. Müde war Sabine unterwegs zur Bushaltestelle; auch ihr gefielen die vielen kleinen weißen Federchen, die um sie herumwirbelten, ganz gut, aber die frühe Stunde und die Gewissheit, dass sie an diesem Montagmorgen von einem Französischtest in der Schule erwartet wurde, hielt ihre Freude in Grenzen. Ein kühler Wind pfiff um ihre Nase und so ging sie leicht nach vorne geneigt, die Hände in den Jackentaschen und die Ellenbogen fest an den Körper gepresst. Die Zeit drängte etwas, der Bus würde gleich kommen, aber Sabine ließ sich nicht hetzen. Es schien gerade so, als würde sie es darauf anlegen, den Bus zu verpassen. Wohl wissend, die Konsequenzen tragen zu müssen. Ihre Gedanken sprangen hin und her. Sie waren in ihrem gegenwärtigen Leben, beim Schultest, bei der Freizeitgestaltung am Nachmittag wie auch noch im Bett und genauso sprangen sie in fantastischen Fantasien umher. Es fiel ihr nicht leicht,

6

einzelne Gedanken zu binden. Sie kamen und gingen, ohne, dass sie selbst es hätte beeinflussen können.

Kurz darauf saß sie im Bus. Neben ihr saß Marie, eine ihrer Klassenkameradinnen. Die beiden unterhielten sich über das vergangene Wochenende und was der kommende Schultag wohl alles für sie bereithalten würde. Bevor der Bus an der Schule ankam, holte Sabine schnell noch ihr Französischbuch heraus, um sich abzusichern, die entsprechenden Vokabeln wirklich gelernt zu haben.

Nach dem Biologieunterricht schrieb sie ihren Test, mit dessen Verlauf sie im Großen und Ganzen zufrieden gewesen ist; es folgte Geschichte. Die 13-Jährige saß im Unterricht und konnte diesem nicht ganz folgen. Der trockene Stoff, der die Menschen von vor dreitausend Jahren behandelte, war ihr zu langweilig. Zunächst malte sie kleine Zeichnungen auf ihren Block und ließ sich dann auch gerne von anderen ablenken. Doch ihr Gerede und Gekicher führte zu Ermahnungen. So verschwand sie in ihre Gedankenwelt. Während sie gedanklich fern ab war, spielten ihre Finger mit dem Füller. Sie sah auch ihren Lehrer in seinem orange-weiß karierten Hemd vorne stehen und reden, ebenso die Aufschriebe an der Tafel, doch davon drang nichts zu ihr durch. Das erste, was sie von außen wieder aufnehmen konnte, war die Schulglocke. Nachdem der Lehrer den Raum verlassen hatte, wurde es laut. Einige Jungs schrien und schubsten sich herum, ein anderer fand es witzig, Saft in den Mülleimer zu leeren und einige Mädchen ließen sich gerne von den Jungs ärgern. Sabine unterhielt sich mit Marie. Beide meckerten immer wieder zwei Jungs an, von denen sie von ihrer Unterhaltung immer wieder abgehalten wurden.

So verging der Schultag. Am Nachmittag ging Sabine wieder von der Bushaltestelle nach Hause. Die wenigen Schneeflocken vom Morgen waren längst verschwunden. Es war ein grauer Nachmittag mit kühlen Temperaturen. Zu Hause würden nun wohl ihre jüngere Schwester Emma und ihre Mutter sein. Sie hatte nur noch ein kleines Stück zu gehen. Autos überholten sie und vereinzelt kamen ihr Menschen entgegen. Ihr Blick haftete die längste Zeit auf dem Boden des Gehweges. Er war sehr feucht und ihre Schritte machten schlürfende Geräusche. Sie kam gerade an einer Bank und einem Mülleimer vorbei, als ein komisches Gefühl sie durchfuhr. Wie ein Blitz, der wie ein warmes Signal in ihren Kopf schoss und ihre Aufmerksamkeit auf hundert Prozent brachte. Sabine schaute sich um. Sie war verunsichert. Nach diesem warmen Gefühl lief es ihr nun den Rücken kalt herunter. Sie fühlte sich beobachtet. Auf der anderen Straßenseite, an zwei Garagen, dachte sie einen Schatten vorbeihuschen zu sehen. Sie blickte nach hinten, sah dort aber niemanden. Sie drehte sich einmal im Kreis und schaute auf parkende Autos. Es hätte jemand dahinter sitzen können. Nichts. Sie schaute auf die Fenster. Vielleicht war es nur eine Rentnerin, die gelangweilt aus dem Fenster sah. Nichts. Sie stand auf dem Gehweg und wusste nicht, ob da jemand war oder ob das alles nur in ihrem Kopf stattfand. Sabine fühlte keine Angst, doch ihr Herzschlag hatte sich etwas erhöht. Ein letztes Mal schaute sie sich um, ehe sie ihren Heimweg fortsetzte. Ihre Schritte waren nun schneller.

Als sie zu Hause eintrat, kam von ihr nur ein kühles ‚Hallo‘. Emma war wohl in ihrem Zimmer und reagierte nicht. Von ihrer Mutter kam ein ebenfalls kühles ‚Hallo‘ aus dem Wohnzimmer zurück. Sabine zog rasch ihre Schuhe an der Garderobe aus und verschwand in ihrem Zimmer. Für sie war es ein normales nach Hause kommen. Sie kannte es nicht, ihrer Familie von ihrem Schultag zu erzählen. Die Höhepunkte behielt sie für sich. Nicht einmal einem Tagebuch vertraute sie sich an. In ihrem Zimmer flog die Tasche an ihren Schreibtisch, der in der Ecke neben dem Fenster stand. Sie selbst sprang auf das Bett, welches sich an der Wand neben ihrer Türe befand. Sie wollte sich entspannen; dafür ließ sie Musik laufen. Sie legte sich zurück und schaute an die Decke. Ihre Augenlider wurden schwerer. Sabine war müde. Sie wurde eins mit der Musik, die Lider wurden noch schwerer, bis sie schließlich zufielen. In diesem Moment kam noch einmal das merkwürdige Gefühl von draußen auf. Schnell wie ein Blitz ging eine Wärme durch ihren ganzen Körper und sie riss die Augen auf. Sie schnellte hoch, schaute auf das Fenster, zur Türe und sogar in Richtung ihres Kleiderschrankes. Es war keiner da. Lediglich ihr Spiegelbild konnte sie entdecken. Mit der Gewissheit, allein zu sein, beruhigte sie sich wieder und ließ sich fallen.

Sekunden später waren ihre Augen geschlossen und Sabine nickte ein.

In der Ferne drangen Geräusche aus Emmas Zimmer. Aber auch von der Straße waren Geräusche zu vernehmen. „Sabine? Sabine kommst du mal.", ertönte es aus dem scheinbar fernen Wohnzimmer. Die Stimme schien so fern, dass Sabine sie nicht wichtig nahm und in der tiefen Entspannung verharrte. Es konnte auch nichts Wichtiges gewesen sein, ansonsten wäre ihre Mutter bestimmt gekommen.

Zunächst hatte Sabine ihre Gedanken auf bestimmte Dinge gelenkt gehabt. Erst auf die noch bevorstehenden Aufgaben und anschließend auf schönere Sachen. Irgendwann verlor sie mal wieder die Kontrolle über ihre Gedankenwelt und ließ sich treiben. Konfuse Ideen und Meinungen beinhalteten die aufsteigenden Gedanken. Sie bezogen sich auf Sabines Aussehen und ihre Außenwirkung. Sie war nicht zufrieden mit sich. Das war nicht schön. Doch sie hätte auch nicht sagen können, was sich hätte verändern müssen, um ihre Zufriedenheit zu steigern. Sie lebte ihr Leben in ihrer eigenen Welt. Häufig fühlte sie sich fehl am Platz. Ob in der Schule, in der sie von den anderen oft gehänselt oder gar richtig geärgert wurde oder zu Hause, wo jeder mit sich selbst beschäftigt war. Selbst Emma kam nur zu ihr ins Zimmer, wenn sie selbst etwas wollte oder schlicht Unterhaltung benötigte. Sabine war eine Suchende, die nicht wusste, was sie überhaupt suchte. Sie war sich selbst gar nicht im Klaren darüber, dass sie sich auf einer Suche befand.

Immer wirrer wurden ihre Gedanken. Immer mehr drängten in ihr Bewusstsein. Schließlich wurde es zu intensiv und Sabine riss erneut ihre Augen auf. Sie starrte an die Decke und sprach leise in den Raum hinein: „Wer bin ich?" Sie war sich ihrer Identität nicht bewusst.

„Sabine." Das Rufen holte sie aus dem Gedankenstrudel. Sie stellte die Musik ab und verließ ihr Zimmer. Sie ging an den Bildern im Flur vorbei ins Wohnzimmer. Ihre Mutter saß auf dem Sofa und blickte auf, als ihre Tochter gemächlich hineinkam. „Warum kommst du nicht gleich, wenn ich dich rufe?", fragte sie leicht gereizt. „Bin ja jetzt da", meinte Sabine. Sie setzte sich in den Sessel und sah ihre Mutter an. Sie sah ihr zu, wie sie etwas schrieb und sehr vertieft wirkte. Also wartete sie. Ohne den Kopf zu heben, wollte ihre Mutter dann wissen: „Ich muss noch einkaufen. Brauchst du noch etwas?" Sabine schaute ihre Mutter ungläubig an. Sie hatte sie nur deswegen gerufen, um zu erfahren, ob sie noch etwas brauchte. Das hätte ihre Mutter auch beim Gehen fragen können oder aber, sie hätte mal fragen können, wie es in der Schule war oder ob es ihr gut geht. Aber nein; sie wollte nur wissen, ob sie etwas bräuchte. Genervt stand Sabine auf und mit einem kurzen „nein" verschwand sie auch schon wieder. In ihrem Zimmer stellte sie sich ans Fenster. Ihre Beine lehnte sie an die warme Heizung an. Das empfand sie als sehr angenehm. Sie war nicht heiß, aber doch sehr warm und die Wärme übertrug sich auf die Beine. Sie blickte in den dunklen Nachmittag. Viel passierte nicht da draußen. Unten auf der Straße, Sabine stand im ersten Stock, war wenig los. Plötzlich erschrak sie und es lief ihr schon wieder kalt den Rücken runter. Sie erblickte einen Schatten. Sie hatte es doch gewusst. Sie wurde beobachtet. Jemand verfolgte sie. Sie ging aber nicht zu ihrer Mutter. Sie vertraute sich niemandem an. Sie behielt es für sich, starrte nach draußen und suchte regelrecht mit ihren Augen alles nach dem Unbekannten ab. Sie sah niemanden. Sie war aber davon überzeugt, dass jemand da draußen war. Eine kleine Furcht stieg in ihr auf. Sie wollte nicht auf dem Präsentierteller warten, daher zog sie die Jalousien runter. Auf dem Bett sitzend fragte sie sich, ob sich die Person ihrem Fenster genähert hätte. Vielleicht war sie schon ganz nah und würde gleich an die Jalousien klopfen. Sabine wartete richtig auf dieses Klopfen. In ihrem Kopf formte sich eine Frage: „Wer bin ich, dass ich solche Angst habe?" Die Frage war berechtigt. Sie hatte nicht wirklich jemanden gesehen. Und selbst wenn, wäre damit nicht geklärt gewesen, ob diese Person sie wirklich beobachtete oder nur zufällig vor Ort war. Bei Sabine verdunkelten sich die Gedanken. Sie hatte niemanden gesehen. Vielleicht aus dem einfachen Grund, dass es keine Person war. Vielleicht besteht das „Ding" nur aus Schatten. Diese Gedanken gefielen Sabine nun gar nicht. Sie griff nach einem Buch, legte sich aufs Bett und begann zu lesen. Es war zwar ein Krimi, aber ihr war der Unterschied zwischen Fiktion und Realität bewusst. Was das da draußen vor ihrem Fenster war, das war ihr nicht bewusst.

Der restliche Tag verlief ruhig. Eigentlich verlief er wie jeder Tag bei Sabine ablief. Das Schema war immer gleich. Die Tage hatten keine nennenswerten Höhepunkte. Sie selbst war auch zu jung, um zu erkennen, was zu ändern wäre. Nach außen war nur zu sehen, dass sie sich gerne zurückzog, gern allein war und dass Chaos gut ihr zweiter Name hätte sein können. Dieses äußere Chaos projizierte sie aus ihrem Innenleben auf das Äußere. Überall war es zu finden. In ihren Gedanken und Gefühlen und ebenso in ihrem Zimmer, ihren Schränken und ihren Schulheften.

Am Abend saß die Familie beim Essen. Belanglosigkeiten wurden ausgetauscht. Ansonsten konzentrierte man sich auf den eigenen Teller. In Sabines Fall um die eigenen Gedanken. Nach nur fünf Minuten war sie fertig. Sie stand auf und versorgte ihren Teller. Es war üblich, dass jeder einfach aufstand, wenn er selbst fertig war. Gerade als sie den Raum verließ, rief ihr Vater hinter ihr her: „Räum dein Zimmer auf." Das war es.

Während ihre Eltern und Emma noch sitzen blieben, ging sie selbst ins Bad. Sie wollte duschen. Mit frischer Wäsche und Handtüchern verschloss sie hinter sich die Türe. Als sie sich ausgezogen hatte, stand sie noch einen Moment vor dem Spiegel. Sie blickte sich an. „Das bin also ich", sagte sie sich, wobei sie das „das" betonte und den Satz auch gleich noch einmal wiederholte: „Das bin also ich."

Zwei Stunden später lag sie unter der warmen Bettdecke, das Licht hatte sie gelöscht und die Müdigkeit übermannte sie.

Sabine schlief tief und fest und erst der Wecker am Dienstagmorgen holte sie aus dem Schaf. Seufzend schaltete sie den Wecker aus. Unmotiviert versuchte sie, sich aufzuraffen und aufzustehen. Doch es war alles andere als leicht. Draußen warteten eine unangenehme Kälte und Nässe auf sie. Am Ende von Kälte und Nässe stand die Schule. Für sie also keine Aussichten auf Freude und Spaß und keine Motivatoren, um leichter aus dem warmen Bett zu steigen.

Der Dusche gelang es, sie wacher zu bekommen - jedoch nicht motivierter.

Bevor sie das Bad verließ, schaute sie in den Spiegel und flüsterte: „The same procedure as yesterday." Sie kippte leicht den Kopf nach rechts und zog die Mundwinkel etwas nach unten. Sie löschte das Licht und verschwand wieder in ihrem Zimmer. Ihre Klamotten brauchte sie nicht im Schrank suchen. Sie lagen unordentlich auf dem kleinen Sofa, ihrem Schreibtischstuhl und sogar auf dem Boden. In der Küche aß sie noch etwas im Stehen und musste sich dann doch etwas beeilen, um den Bus zu erreichen.

Als sie auf die Straße trat, war sie in der gleichen Stimmung wie am Tag zuvor und ihre Gedanken waren an nichts Besonderem verankert. Der Himmel hatte seine Schleusen geschlossen, nachdem es in der Nacht geregnet hatte. Der Winter wollte noch nicht ganz durchbrechen und so hatte das Herbstwetter immer wieder ein Durchkommen. Sabine war gerade einmal hundert Meter gegangen, als sie Schritte vernahm. Sie kamen von hinten. Verunsichert ging sie weiter. Allerdings

14

bewegte sie sich nach rechts und ging nah an den Häuserwänden entlang. Die Schritte wurden lauter. Sie kamen näher. Sie kamen auf sie zu. Ihre Schultern verkrampften sich und sie zog sie leicht nach oben, ihr Gesichtsausdruck war festgefroren und ihr Herzschlag beschleunigte sich. Die Schritte waren echt. Nun war sie sich sicher, dass der Schatten von einer Person stammte. Was wollte man von ihr? Wer war sie schon, dass man sie verfolgte? Sie rang mit sich. Sollte sie stehenbleiben und sich umdrehen oder doch besser losrennen? Würde sie rennen, könnte sie den Angreifer verärgern und er hätte sie sehr schnell eingeholt. Gleich war sie eingeholt. Er war nun direkt hinter ihr. Sabine nahm all ihren Mut zusammen und blieb stehen. Sie drehte sich ein kleines Stück und schaute über ihre Schulter. Sie schaute in die Augen dieser fremden Person. Es war eine Frau, die mit eiligen Schritten vorüberging, um rechtzeitig zu ihrem beruflichen Termin zu kommen.

Trotz der kühlen Temperatur schwitzte Sabine. Sie spürte die Feuchtigkeit unter ihren Armen und an ihrem Rücken. Erleichtert atmete sie durch und setzte ihren Weg fort. „Arrhh", schrie sie plötzlich kurz auf. Der Schatten. Da war er. Er war wirklich da. Nun gab es keine Zweifel mehr. Keine Frau, die zu einem Termin musste, keine Kinder, die in die Schule gingen und auch keine anderen Passanten. Er war es. Sabine rannte los. Er war nun wirklich hinter ihr her. Sie schaute sich nicht um und versuchte so schnell wie möglich zu laufen. Sie hielt nicht an und versuchte ihr Tempo beizubehalten. Sie schnaufte schwer und ihre Schultasche wippte auf und nieder. An der Bushaltestelle sah sie mehrere Personen stehen. Durch ihr langes Rennen war sie einige Minuten zu früh dran. Da das Rennen also aus diesem Grunde nicht nötig war, drehten sich die Leute an der Bushaltestelle nach ihr um. Sabine bremste erst ab, als sie an der Haltestelle angekommen war. Erst dort wagte sie sich umzusehen. Nichts. Er war weg. Wobei sie das nicht wirklich glaubte. Sie spürte ihn. Er war da. Er beobachtete sie. Ganz stark war das Gefühl. Sie japste und schwitzte. Sie hoffte, er würde sie in Ruhe lassen, so lange sie mit anderen zusammenstand. Sie drehte sich um und da stand direkt vor ihr ein fremder Mann. Er schaute auf sie runter. Direkt in ihre Augen. Sabine war wieder ganz starr. Sie konnte sich nicht bewegen. Sein ernster Gesichtsausdruck wechselte in ein Lächeln und wirkte auf einmal beinahe vertraut: „Alles in Ordnung bei dir? Man konnte glauben, du wärst vor jemandem weglaufen?" Nun konnte sie sich wieder entspannen. Nickend antwortete sie kurz: „Ja, danke. Alles ok."

Der Fremde wollte sie nicht bedrängen, doch er zweifelte an ihrer Antwort. Er nickte ihr freundlich zu und mit einem „Ok" wandte er sich wieder ab.

Sabine war leicht erschöpft, als sie sich endlich im Bus niedersetzen konnte. Sie hatte sich gleich ganz vorne einen Platz genommen. Weiter hinten saß Marie, doch Sabine wollte lieber für sich bleiben. Sie fühlte so vieles und nichts davon war greifbar für sie. Sie musste zunächst versuchen, ihre Gedanken etwas zu ordnen, da

16

konnten Kindereien nur störend sein und diese hatte sie erwartet, wenn sie sich zu Marie gesetzt hätte.

Im Laufe der Fahrt beruhigte sich Sabine wieder. Dennoch hing ihr Blick immer wieder an den vorbeifliegenden Häusern, Bäumen und Straßen. Sie wollte sich sicher fühlen. Sie wollte sicher sein, dass kein Schatten sie mehr verfolgte. Als der Bus hielt und sie ausstieg, schaute sie sich noch einmal um, dann konnte sie den Schatten vorübergehend vergessen. Marie war rasch neben ihr und lenkte sie ab: „Hey, warum bist du nicht nach hinten gekommen? Ist alles ok bei dir?" Sabine wollte sich noch während der Fahrt eine Ausrede einfallen lassen, aber sie war zu sehr auf das andere Thema fixiert, so dass sie sich nichts zurechtgelegt hatte. So antwortete sie nur: „Ja, sorry. War total in Gedanken."

Auf dem Weg ins Schulgebäude wurden die beiden von hinten von ihrem Klassenkameraden Felix angerempelt. Er sah Sabine an und rief: „He, Dummie, steh' nicht im Weg rum." Bevor Sabine reagieren konnte schrie Marie zurück: „Halt die Klappe du Blödmann."

Da gesellte sich Pia zu den beiden. Zu dritt betraten sie die Schule. Sie schlenderten in den ersten Stock und setzten sich plappernd auf die Stühle. Um sie herum flogen Stifte und Papierkugeln und lautes Geschrei machte das Chaos perfekt. Sabine störte sich gar nicht daran. Chaos gehörte zu ihrem Leben. Einer der Schüler knallte die Türe laut zu und ging brüllend zu seinem Platz. Schon öffnete sich die Türe wieder und Herr Haller kam herein. Sofort fiel der Geräuschpegel. Eine gewisse Unruhe blieb jedoch. Sabine packte ihre

Mathesachen auf den Tisch. Sie verstand die Mathematik mehr oder weniger, aber es war keines ihrer Lieblingsfächer. Nun hatte ihr geregelter Tag begonnen.

Ihre beiden Freundinnen Marie und Pia saßen neben ihr. Sie waren zwar ihre Freundinnen, aber wirklich viel wissen taten die beiden nicht von ihr. Sie wussten lediglich, dass sie gerne las und welche Fächer für sie in Ordnung waren. Aber über ihr Innenleben, ihre Gefühle und Denkweisen wussten sie nichts. Sabine ließ sie nicht daran teilhaben. Eigentlich wusste keiner wirklich, was in ihr vorging. Keiner wusste, wie sie Kritik wirklich aufnahm, was für sie verletzend war und was ihr ein echtes Lächeln aufs Gesicht zaubern konnte. Sie wusste selbst vieles nicht. Sie wusste nicht einmal, ob sie zufrieden oder gar glücklich war. Sie konnte für sich selbst ‚Glück' nicht einmal definieren. In ihrem Denken war sie ihren Freundinnen weit voraus. Sie war reifer und vielseitiger. Doch so ganz einfache Fragen, wie nach dem Glück, waren dann plötzlich zu schwer.

Der Schultag war ein durchschnittlicher Tag. Als die Schulglocke an diesem Tag zum letzten Mal für die Klasse läutete, waren es nur noch drei Schultage bis zum ersten Advent. Sabine stand auf und blickte aus dem Fenster. Es war diesig und nieselte. Sie zog sich die warme Jacke über und versicherte sich, dass in der linken Jackentasche ihre Mütze war. Gemeinsam mit ihren Freundinnen machte sie sich auf den Weg. Lachend verließen sie die Schule und trennten sich dann. Während Marie mit Sabine zum Bus ging, machte sich Pia auf den Weg zu ihrem Fahrrad.

18

Alles verlief im alten Trott. Die Busfahrt war zusammen mit Marie recht kurzweilig und der Fußmarsch von der Bushaltestelle nach Hause war auch bald überstanden. Wie immer trat sie in die Wohnung, ließ ihre Schuhe im Flur stehen, die Jacke flog an den Haken und mit einem ‚Hallo' in die Wohnung rufend, verschwand sie in ihrem Zimmer. Ehe sie die Türe verschloss, hörte sie gerade noch das ‚Hallo' ihrer Mutter. Ihre Schultasche landete zunächst auf ihrem Schreibtischstuhl. Sie hielt sich dort nur kurz und rutschte dann weiter zu Boden. Zeitgleich landete Sabine auf ihrem Bett. Als sie Musik einschaltete, fiel ihr spontan der Schatten ein. Er war auf dem Heimweg gar nicht aufgetaucht. Sie hatte nicht einmal an ihn gedacht. Viele Fragen schossen ihr durch den Kopf: War er verschwunden? Kommt er wieder? Ist er womöglich vor ihrem Fenster? Sabine traute sich nicht, zum Fenster zu schauen. Da es in ihrem Zimmer heller als draußen war, hätte sie nur das Dunkel durch die Scheibe gesehen. Sie drehte sich auf die Seite; mit dem Gesicht zur Wand. Sie griff sich das Buch, in dem sie zurzeit las. Sie schlug die Seite auf, in dem das Lesezeichen lag. Mit der rechten Hand nahm sie es heraus und blickte ins Buch. Ein neues Kapitel begann:

Sieben Stufen in die Gruft

Lady Bedfield schaute auf die Uhr. Sie wartete auf ihren Gärtner, der für sie wichtige Dinge zu erledigen hatte. Nervös ging sie im Salon auf und ab. Kaum war ihr Mann verstorben, kamen so viele weitere Unannehmlichkeiten. Ihr

Butler kam herein und teilte mit: „Er ist nun da." Lady Bed-field schaute erleichtert auf: „Schicken sie ihn sofort rein."

Sabine brach das Lesen kurz ab. Sie wusste, dass sie gelesen hatte, aber sie wusste nichts vom Inhalt. Während sie gelesen hatte, waren ihre Gedanken auf Wanderschaft gewesen. Sie begann erneut:

Sieben Stufen in die Gruft
Lady Bedfield schaute auf die Uhr. Sie wartete auf ihren Gärtner, der für sie wichtige Dinge zu erledigen hatte. Nervös ging sie im Salon auf und ab. Kaum war ihr Mann verstorben, kamen so viele weitere Unannehmlichkeiten. Ihr Butler kam herein und teilte mit: „Er ist nun da." Lady Bedfield schaute erleichtert auf: „WAS", fragte sich Sabine. Wieder hat sie vom Inhalt nichts mitbekommen. Es war zwar erst Nachmittag, aber sie wollte die Jalousien runterlassen. Dafür musste sie sich umdrehen und zum Fenster gehen. Ein Gefühl der Unsicherheit hielt sie zurück. Wieder war diese innere Spannung für sie zu spüren. Sie häufte sich in den vergangenen Tagen verstärkt. Plötzlich schreckte sie hoch, ihr Kreislauf ließ den Blutdruck und den Herzschlag nach oben schnellen. Emma war in ihr Zimmer reingeplatzt; wie immer hatte sie nicht angeklopft. „Spinnst du? Du sollst anklopfen, wenn du etwas willst." Gleichzeitig vibrierte ihr Handy. Eine Mitteilung kam an. Emma stand im Zimmer, schweigend und sich umschauend. Sabine kümmerte sich zunächst nicht um sie, sondern nahm sich ihr Handy und las die Mitteilung. Marie hatte eine

20

Frage zu den Hausaufgaben. Sabine tippte: ‚Keine ah-nung. Hab noch nicht reingesehn. Wuste nicht dass wir da was machen müssen.'

Dann legte sie das Handy wieder weg und schaute zu ihrer Schwester: „Was willst du?" So genau wusste es Emma aber auch nicht. Sie hatte Langeweile und wollte sich bei ihrer Schwester ablenken. Nachdem Emma keine klare Auskunft geben konnte, schmiss Sabine sie kurzerhand raus.

Sabine setzte sich an ihren Schreibtisch, um mit ihren Hausaufgaben zu beginnen. Platz hatte sie auf der Ar-beitsfläche allerdings keinen. Sie nahm ihr Mäppchen, Buch und Heft aus der Schultasche und legte es auf die vielen anderen Sachen, die bereits den Tisch füllten. Um schreiben zu können, schob sie einige Sachen zur Seite. Auf die neu gewonnene Fläche legte sie ihr Heft. Nachdem sie das Buch auf der entsprechenden Seite ge-öffnet hatte, legte sie dieses auf all die anderen Dinge. Sie wollte sich gerade den Aufgaben widmen, als sie noch einmal aufstand und die Jalousien runterzog. Kaum hatte sie begonnen, vernahm sie größere Regen-tropfen, die durch das Klopfen auf sich aufmerksam machten. Sabine ließ sich davon nur kurz ablenken und schaute wieder ins Buch. Bevor sie jedoch die Aufgabe in ihr Heft übernahm, griff sie nach der Wasserflasche und trank. Kaum war die Flasche wieder verschlossen, hatte sie den Stift schon wieder in der rechten Hand und begann die neue Aufgabe abzuschreiben. Sie hatte noch nicht alles übernommen, als sie mit der linken Hand nach einer fünf Zentimeter kleinen Puppe griff, die auf dem Schreibtisch lag. Sie ließ sie durch die Finger gleiten und versuchte, sie auf ihrem Heft zum Stehen zu bringen. Das gelang ihr aber nicht. So verstrich die Zeit. Bis zum Abendessen saß sie am Schreibtisch und versuchte zu arbeiten. Durch die Ablenkungen verlor sie viel Zeit. Das war ihr natürlich bewusst. Doch ein Abstellen war ihr nicht möglich. Sie wusste, dass sie sich konzentrieren konnte. Schließlich war das beim Lesen möglich oder bei vielen anderen Dingen auch. Doch für die schulischen Aufgaben fehlte es an der Motivation und dadurch fiel es ihr dann schwer, den Fokus längerfristig auf die Aufgaben zu richten. Sie war aber froh, dass sie wenigstens bis zum Essen fertig war.

Bei Tisch fand die alltägliche Routine statt. Sabine sah zu, schnell fertig zu werden, um den Tisch ebenso schnell wieder verlassen zu können. Oberflächlich wurde sie nach der Schule gefragt und genauso oberflächlich gab sie Auskunft. Das Abendessen war der Zeitpunkt des täglichen Zusammenkommens der gesamten Familie. Im Grunde wichtig für alle Familienmitglieder. Es diente der strukturellen Planung des Tages, des familiären Austauschs und natürlich für das Gefühl des Zusammengehörens. Mit all dem konnte Sabine nichts anfangen. Eine viertel Stunde nachdem sie ihr Zimmer für das Abendessen verlassen hatte, war sie auch schon wieder zurück. Ihr Handy zeigte zwei Mitteilungen an. Die eine war die Aufforderung eines Spiels und die zweite war von Marie, die inzwischen über die Hausaufgaben Bescheid wusste und nun Sabine informieren wollte. Dabei hatte sie es ja selbst herausgefunden und nur vergessen, Marie die gewünschte Auskunft zukommen zu lassen. Sie antwortete ihr: ‚Danke‘.

Mit ihrem Buch machte sie es sich im Bett bequem. Auf Musik hatte sie keine Lust und so begann sie wieder von Lady Bedfield zu lesen. Sie war konzentriert bei der Geschichte und wusste inhaltlich genau, was sie las. So verbrachte sie die nächste Stunde. Weder bekam sie mit, was ihre Familie machte, noch nahm sie den großen Regen wahr. Sie war völlig in die verworrene Welt der Lady Bedfield und ihrem vertuschten Mord versunken.

Irgendwann wurden ihre Augen müde und sie stand auf. Sie sah ihre Schulsachen auf dem Schreibtisch und auf dem Boden verteilt liegen. Eigentlich hätte sie ihre Schultasche für den morgigen Tag richten müssen, doch sie hatte keine Lust. Sie würde es nach dem Aufstehen in großer Eile tun, aber eventuell würde nicht alles vollständig sein. Doch das war in diesem Moment unwichtig. Sie wollte jetzt nicht. Sie zog sich Shirt und Jeans aus, schnappte sich ihren Schlafanzug und verschwand im Bad.

Als sie 20 Minuten später unter ihrer Bettdecke lag, tauchte an ihrer Decke für einen kurzen Moment der Schatten auf. Sabines Herz raste. Sie bekam Panik und Tränen liefen über ihre Wangen. Eine Frage drängte sich ihr plötzlich auf: Wie konnte im dunklen Raum ein Schatten gesehen werden? Sabine öffnete ihre Augen. Es war dunkel. Beim Einschlafen hatte sie Fantasien. Böse Fantasien. Mit diesen negativen Gedanken schlief sie ein. Entsprechend verlief ihre Nacht. Unschöne Träume begleitete diese und so war es nur allzu verständlich, dass sie am nächsten Morgen wie gerädert aufwachte. Zu allem Übel kam auch noch hinzu, dass an diesem Mittwoch Frau Bayer in den ersten beiden Schulstunden auf dem Plan stand. ‚Die Schreckschraube vom Dienst‘, wie Sabine sie gerne hinter dem Rücken der Lehrerin nannte. Es fiel ihr wirklich schwer, sich aus dem Bett zu erheben. Der Wecker war längst aus und sie drohte erneut einzuschlafen. Auf ihre Mutter konnte sie nicht bauen. Sie schlief noch. Wenn auch etwas verspätet, zwang sie sich aus dem Bett und machte sich auf den Weg unter die Dusche. Das kühle Nass sollte sie eigentlich munter machen, aber es war alles andere als angenehm, als das Wasser über ihren Rücken lief. Der Müdigkeit angepasst war ihre Stimmung. Verschlafen ging sie zu Emma ins Zimmer, um sie zu wecken. Emma brauchte nicht ganz so lange, um wach zu werden. Als Sabine sicher war, dass ihre Schwester wach genug war, verließ sie das Zimmer wieder und ging in die Küche. Im Stehen biss sie in ein Marmeladenbrot; gleichzeitig schmierte sie sich ein Pausenbrot. Währenddessen stand auch ihre Mutter auf. Sie hörte sie im Bad mit Emma. Sie trank und aß im Stehen fertig und eilte wieder in ihr Zimmer. Ihre Schultasche lag noch genauso am Boden wie am Abend zuvor. Mit zwei, drei schnellen Handgriffen packte sie sie und ließ dabei auch jene Hefte drin, die sie an diesem Mittwochmorgen gar nicht benötigte. Schließlich stand sie halb nackt vor dem Kleiderschrank und

24

konnte sich nicht entscheiden, was sie anziehen sollte. Sie blickte in einen chaotischen Berg von Wäsche. Der Platz in ihrem Schrank hätte Ordnung zugelassen. Vielleicht hätte es Sabine sogar geschafft, für Ordnung zu sorgen. Sie aber zu halten, war ihr nicht möglich; zum großen Leidwesen ihrer Mutter. Ihre Jeans vom Vortag lag noch im Zimmer herum. Diese zog sie sich an. Dem Kleiderschrank entnahm sie ein sauberes Unterhemd und ein T-Shirt. Zuletzt zog sie sich einen Pullover über. Bevor sie das Zimmer mit ihrer Schultasche verließ, zog sie ihre Jalousien hoch. Es war dunkel. Eine Straßenlaterne war die einzige Lichtquelle und zeigte Sabine den nassen Boden.

Die restliche Woche verlief im Kopiermodus. Jeder Tag schien eine Kopie vom Vortag zu sein. So zumindest sah es Sabine. Am Freitagmittag saß sie in der Schule und es gab nur noch eines: die Vorfreude auf das Wochenende. Marie boxte sie in die Seite, als sie gerade aus dem Fenster sah und Richtung Wochenende blickte. Sie erschrak und fragte so laut, dass alle es mitbekamen: „Was denn?" Die ganze Klasse lachte. Alle hatten sie angeschaut, denn Herr Maiwald hatte Sabine etwas gefragt gehabt. Herr Maiwald trat an ihren Tisch und fragte sie: „Wo bist du denn gewesen? Zu Hause oder in der Karibik?" Wieder lachten alle. Sabine stammelte etwas von ‚Entschuldigung'. Herr Maiwald zog die Augenbrauen hoch und meinte noch: „Es wäre schon, wenn Du noch ein paar Minuten in meinem Unterricht bleiben könntest. Vielleicht schaffst du es auch, das

Chaos auf deinem Tisch etwas zu ordnen." Er wandte sich ab, ging nach vorne und setzte seinen Unterricht fort. Sabine begann, die vielen kleinen Teile vor ihr einzusammeln und im Mäppchen zu verstauen. Die Blätter sortierte sie und legte sie ins Heft. Nun sah es wieder übersichtlicher bei ihr aus. Die letzten Minuten folgte sie aufmerksam dem Unterricht. Mit der Schulglocke warteten das Wochenende und der erste Advent am Sonntag. Alle sprangen auf und es wurde laut. Herr Maiwald versuchte die Lautstärke zu übertönen und gab die Hausaufgaben mit auf den Weg. Nachdem sie den Raum verlassen hatten, fragte Pia Sabine, Herrn Maiwald etwas nachahmend: „Na, wo waren wir denn? In der Karibik?" Marie musste lachen. „Halt die Klappe," gab Sabine zurück.

Sie traten vor die Schule und eine unangenehme Kälte erwartete sie. Immerhin war es trocken. Pia fuhr noch immer mit dem Rad und so verabschiedete sie sich von den anderen beiden. Bevor sie ging, fragte sie die beiden aber noch: „Wollen wir am Wochenende etwas machen?" Während Sabine mit den Achseln zuckte, meinte Marie: „Lass uns nachher schreiben. Wir müssen den Bus erwischen."

Fünf Minuten später saßen die beiden nebeneinander in einer der hinteren Reihen. Wo sie saßen war ihnen im Grunde gleichgültig. Sie waren froh, überhaupt in dem überfüllten Bus einen Sitzplatz ergattert zu haben. Während Marie am Reden war, hörte Sabine ihr zu und schaute gleichzeitig aus dem Fenster. Sie zuckte plötzlich heftig zusammen. Marie fragte sofort nach was los sei. „Ach nichts," kam Sabines Antwort. „Sag mal, siehst du das da an der Hauswand auch?", wollte Sabine wissen. Marie folgte Sabines Blick und wusste nicht was diese meinte. „Ich meine den Schatten. Sieht das nicht aus wie der Schatten eines Mannes, oder so?" Marie schaute genauer hin und sagte: „Ich kann nichts sehen. Ein Schatten eines Mannes? Siehst du den großen schwarzen Mann?", lachte sie. Sabine war nicht zum Lachen zumute. Ihr Blick war noch immer nach draußen gerichtet, als sie ihrer Freundin antwortete: „Vergiss es. Ich fand nur, dass der Schatten so eine merkwürdige Form hatte." Sie versuchte das Gesehene herunterzuspielen. Ebenso ihre Angst. Marie sollte es nicht merken. Sabine wusste, dass er da draußen war. Er verfolgte sie wieder. Sie wusste nicht, wem sie sich hätte anvertrauen können. Wer hätte ihr schon geglaubt? Ihren Freundinnen wollte sie sich gar nicht anvertrauen. Sie sollten nicht mehr von ihr wissen. Mit ihren Eltern hätte sie nie über so etwas gesprochen und ihre Schwester war viel zu jung, um ihre Probleme zu verstehen.

Ihr kam sogar der Gedanke, zur Polizei zu gehen. Aber sie ahnte schon, dass die nichts machen würden. Schließlich konnte sie keine klare Beschreibung abgeben. Hätte sie nur von einem Schatten gesprochen, würde man sie doch gleich in die Psychiatrie einweisen, so ihre Meinung. Ihr war bewusst, er war ihr alleiniges Problem. Sie musste warten bis er sich zu erkennen gab. ‚Was aber, wenn es dann zu spät sein würde?' Ihre Gedanken jagten durch den Kopf und sie hörte schon nicht mehr auf die Inhalte von dem Gesprochenen, was Marie neben ihr von sich gab. An der nächsten Haltestelle musste sie aussteigen. Alles in ihr sträubte sich, gleich wirklich aus dem Bus auszusteigen. Angst breitete sich in ihr aus.

„Heee, hörst du mir überhaupt zu?", fragte Marie. Sabine zuckte zusammen und sah sie an. „Du solltest mal langsam aufstehen. Deine Haltestelle!", sagte Marie. Sabine sprang auf, nuschelte etwas von ‚sorry' und drängelte sich zur Türe durch. Mit langsamen Schritten stieg sie aus. Ihren Blick ließ sie schweifen. Eine ältere Dame ging an ihr vorbei. Sie folgte ihr. Sie blieb nahe bei ihr und hoffte, nicht angegriffen zu werden, wenn sie nicht allein wäre. Irgendwann wurde es der Frau mulmig. Sie fühlte sich verfolgt und schaute über ihre rechte Schulter. Als sie Sabine sah, beruhigte sie sich wieder. Von ihr fühlte sie sich nicht bedroht. Nichts ahnend, welchen Schutz sie für Sabine darstellte, ging sie vor dem Mädchen her. Am liebsten wäre Sabine losgerannt. Das Tempo behagte ihr gar nicht. Aber lieber langsam und in Begleitung als schnell und allein. Sie wusste ja nicht, wie schnell ihr Verfolger sein würde. Sie spürte ihn. Sie spürte seine Nähe und seine Blicke. Irgendwo hinter ihr war er. Es lief ihr kalt den Rücken runter, wenn sie daran dachte, wie er aufholte und jeden Moment seine Hand auf ihre Schulter legen würde. Ihr Blick hing am Boden. Stellenweise war der Gehweg noch nass, Laubblätter lagen in großer Anzahl auf dem Boden und sie sah, dass ihr rechter Schuh nicht richtig geschnürt war und drohte aufzugehen. Verschreckt schaute sie auf, als die ältere Frau in ein Haus verschwand. Sabine hatte nur noch hundert Meter vor sich und rannte los. Rennend suchte sie nach ihrem Hausschlüssel. Sie fand ihn in der linken Jackentasche; völlig außer Atem kam sie an der Haustüre an und hätte fast noch den Schlüssel verloren, ehe sie endlich das Schlüsselloch traf, öffnete, hineinging und die Türe zudrückte. Sie holt tief Luft und versuchte sich wieder zu beruhigen. Sie verstand es einfach nicht. Sie verstand nicht, was er von ihr wollte. Wer war sie schon, um es wert zu sein, verfolgt und gejagt zu werden? „Wer bin ich schon?", rief es in ihrem Kopf. „Ich bin es doch gar nicht wert, verfolgt zu werden!"

Sabine saß in ihrem Zimmer. Eine Träne lief über ihre Wangen. Um sich abzulenken las sie in ihrem Buch:

„Lady Bedfield, die Polizei kommt. Sie werden gleich klingeln," sagte der nervöse Gärtner. „Verschwinden sie in den Garten. Überlassen sie das mir," antwortete sie siegessicher. Da klingelte es auch schon an der Türe und eine Minute darauf klopfte es an ihrer Salontüre und der Butler kam herein: „My Lady, zwei Herren von der Polizei hätten sie gerne gesprochen. Empfangen sie?" Mit einem Handzeichen zeigte sie ihm auf, dass er die Polizisten hereinbitten konnte. Der Butler ging zur Seite und ein dunkler Schatten betrat …

Sabine warf das Buch auf die Seite. Wie war das möglich? Sie putzte sich die Nase und öffnete ihre Türe.

Nun war sie mutig genug, um noch einmal nach dem Buch zu greifen. Sie öffnete es und las:
Der Butler ging zur Seite und ein dunkel angezogener Kriminalbeamter betrat den Salon. Hinter ihm sein Adjutant.

Sabine blies die Backen auf und ließ die Luft mit einem leichten Seufzer wieder entweichen. Ihr Unterbewusstsein hatte ihr einen Streich gespielt. Es klingelte. Sabine sah auf und legte das Buch erneut zur Seite. Sie machte sich auf den Weg zum Flur. Dort traf sie auf ihre Mutter: „Das ist Oma. Sie wollte heute Nachmittag vorbeischauen." Solche Informationen erhielt Sabine immer erst, wenn es soweit war. Während sie zurück in ihr Zimmer ging, kam Emma aus ihrem herausgerannt und rief: „Oma, Oma."

Wieder in ihrem Zimmer stand Sabine mutig am Fenster. Sie schaute heraus und sah … nichts. Zumindest sah sie nichts Außergewöhnliches. Nach oben blickend sah sie den grauen Himmel. Sie entdeckte ein Flugzeug und fragte sich, wohin es wohl unterwegs war. Vielleicht nach Amerika. Oder nach Thailand. Oder vielleicht noch viel weiter bis nach Australien oder Neuseeland. Oder Südamerika. Sie schaute dem Flugzeug nach und dachte: „Ob der Typ mir auch bis nach Südamerika folgen würde? Nein. Er würde mich dort nicht finden. Warum nicht nach Südamerika? Hier würde mich wohl keiner vermissen."

Die Stimme ihrer Mutter riss sie aus den Gedanken: „Sabine, kommst du bitte. Wir wollen Kuchen essen." Das Flugzeug war nicht mehr zu sehen. Sie ließ

Südamerika vor dem Fenster und folgte dem Kaffeeduft. „Schau mal," sagte ihre Mutter, „Oma hat uns einen Adventskranz mitgebracht." Bevor sie sich an den gedeckten Tisch setzte, machte sie einen Abstecher zum Sideboard und schaute sich den Adventskranz an. „Der ist hübsch geschmückt," meinte sie, „aber hier steht er doof." Ihre Mutter schenkte der Oma gerade Kaffee ein, als sie antwortete: „Er kommt später hier auf den Tisch. Aber jetzt ist es hier zu voll."

Emma ließ sich ihren Kuchen schmecken und hatte nicht viel zu melden. Ihre ältere Schwester hatte keinen allzu großen Appetit, aß aber aus Höflichkeit ein kleines Stück mit. Ihre Oma nippte an dem heißen Kaffee und meinte: „Ach Kinder, wie die Zeit vergeht. Übermorgen haben wir schon wieder den ersten Advent. Sabine, erzähl mal, wie läuft es in der Schule?" – „Ganz gut," kam die kurze Antwort. Die Oma fragte aber auch nicht weiter. Sie richtete das Wort wieder an die Mutter und Sabine konzentrierte sich genauso wie ihre Schwester wieder auf das Stück Kuchen. Ihre Mutter hatte sogar das Sonntagsgeschirr herausgeholt gehabt. Sie wollte, dass sich die Oma wohl fühlt und sich als ein besonderer Gast fühlen konnte.

In Sabines Hosentasche vibrierte es. Es war eine Nachricht von Pia. Sie wollte wissen, ob sie sich noch treffen wollten. Marie antwortete sofort. Sabines Mutter schüttelte den Kopf: „Das muss doch jetzt nicht hier am Tisch sein, Sabine." Anstatt das Handy wegzulegen stand Sabine auf und verschwand. In ihrem Zimmer tippte sie ins Handy: „Was wollt ihr denn machen?"

Marie hatte die Idee, sich in der Stadt zu treffen und Bummeln zu gehen. Klamotten und Schuhe anprobieren und dergleichen mehr. Pia war dafür sofort zu haben. Nicht aber Sabine. Das machte sie lediglich dann gern, wenn sie tatsächlich etwas kaufen würde. Es gingen einige Nachrichten hin und her. Schließlich sagte Sabine mit der Begründung ab, nicht weg zu können, da ihre Oma zu Besuch sei.

Nachdem sie das Handy aus der Hand gelegt hatte, schaute sie in ihren Spiegel. Sie schaute sich an und stellte sich die Frage, ob diese Form der Lüge in Ordnung sei. Schließlich hätte sie sich mit ihren Freundinnen treffen können. Doch die Wahrheit wäre verletzend für die beiden gewesen und somit kam sie zu dem Ergebnis, eine Notlüge sei in diesem Fall ganz klar die beste Lösung gewesen.

Sie wusste nun aber nicht, was sie mit dem angebrochenen Nachmittag machen sollte. Ihren Freundinnen hatte sie abgesagt und im Wohnzimmer mit ihrer Mutter und ihrer Oma zu sitzen, wollte sie nun auch nicht. Auf etwas Sinnvolles, wie das Zimmer aufzuräumen, hatte sie gar keine Lust. Nach kurzer Überlegung schaltete sie Musik ein und legte sich auf das Bett. Sie hing ihren Gedanken nach. Ein häufiger Gedanke, in Form einer Frage, beschäftigte sie seit einiger Zeit immer wieder: „Wer bin ich?" Sabine konnte sich diese Frage auf unterschiedlichste Weise beantworten. In Gedanken sprach sie mit sich selbst: „Ich bin ich. Ich bin Sabine, 13 Jahre alt. Ich bin die Tochter meiner Eltern und die Enkelin meiner Großeltern. Ich bin ein chaotisches

32

Mädchen, das häufig nicht weiß, was es möchte. … Ist das alles? Wer bin ich wirklich?" Sabine suchte nach einer Antwort.

Was bin ich?

Nach einigen Zeit des Grübelns sprach sie in Gedanken wieder mit sich: „Vielleicht stelle ich mir die falsche Frage. Es geht nicht darum, wer ich bin. Womöglich sollte ich erst einmal etwas anderes wissen: was bin ich?" Auf dem Rücken liegend folgte sie ihren Gedanken. Doch dann wurde sie jäh aus ihren Gedanken gerissen. Irgendetwas passierte vor ihrem Fenster. Sie setzte sich auf und drückte sich an die Wand. Die Beine angezogen hielt sie sie mit beiden Armen umschlossen. Er war da. Sie war sich ganz sicher. Sie fühlte regelrecht seine Blicke. Sie war hin- und hergerissen. Einerseits wollte sie ins Wohnzimmer zu ihrer Familie. Andererseits wollte sie wissen, was er von ihr will. Dafür hätte sie aber zum Fenster gehen müssen und davor hatte sie Angst. Sie nahm ihre Decke und zog sie bis zu ihren Augen hoch. Sie fühlte sich sehr schwach und sie begann zu frösteln. In ihren Gedanken stieg ein Selbstvorwurf auf; sie hätte die Jalousien runterlassen müssen. Sie zuckte zusammen. Sie hatte ihn gesehen. Den Schatten. Er zog an ihrem Fenster vorbei. Eine Träne lief ihr über die Wange. „Dann soll er mich eben töten", schoss es ihr durch den Kopf. Sie wurde mutiger und stand auf. Mit starrem Blick und argem Zittern schlich sie zum Fenster. Sie konnte nichts sehen. Ganz nah war ihr Kopf nun an der Scheibe und sie suchte mit ihren Augen die Umgebung ab. Sie konnte noch immer nichts sehen. Nun nahm sie all ihren Mut zusammen und öffnete das Fenster. Vorsichtig schob sie sich vor und schon war ihr Kopf draußen. Schnell wie eine Pistolenkugel schoss der Schatten herbei. Sabine wollte schreien. Sie wollte wegrennen. Nichts war ihr möglich. Wie versteinert stand sie da und konnte nur noch abwarten was passieren würde. Während ihr Körper sich keinen Zentimeter bewegen konnte, durchlebte sie innerlich eine Panikattacke. Die Angst saß sehr tief. Der Schatten war sehr dunkel und füllig. Es war kein Schatten, wie ihn Sabine kannte. Es war kein Schatten, wie ihn ein normaler Mensch oder ein ihr bekannter Gegenstand werfen würde. Zudem kam, dass er direkt vor ihrem Fenster schwebte. Sie fühlte sich verloren. Sehr langsam kam er näher. Sein Schattenkopf war nur noch wenige Zentimeter von ihrem entfernt. Er hob Sabine an und zog sie aus ihrem Zimmer. Sie wusste nicht wie ihr geschah, als sie unter sich die Straße sah und sich ihr Fenster immer weiter entfernte. Körperlich war sie nach wie vor völlig regungslos. In ihrem Kopf sprangen die Gedanken durcheinander. Sie wollten wissen, was nun passieren würde und wohin er sie bringen würde. Dann waren ihre Gedanken zu Hause und sie fragte sich, wie ihre Familie damit umgehen würde, wenn sie verschwunden sei und … ja, und was? Würde sie zurückkommen? Und wenn ihr das erlaubt werden würde, wann würde das sein? Morgen? In einem Jahr?

34

Oder in vielen Jahren? Als nächstes kamen Gedanken zum Schatten auf. Sie wollte wissen, wer oder was er war. Ob er tatsächlich ein reiner Schatten war oder ein Außerirdischer oder gar der Tod.

Er flog mit ihr über die Stadt und noch weiter. Sie hatte die Orientierung längst verloren. Ebenso das Gefühl für Zeit. Ihr war nicht bewusst, wie lange sie unterwegs waren als sie sich dem Erdboden näherten. Er setzte sie ab, und sie sah sich suchend um. Sie befand sich in einer kargen Umgebung. Zu entdecken waren Felsen, einzelne Bäume; viel mehr gab es nicht. Die Dämmerung war längst hereingebrochen und somit verlor die Umgebung an Schärfe. Sabine drehte sich einmal um die eigene Achse. Sie konnte sich also wieder bewegen. An ein Wegrennen dachte sie aber nicht. Das wäre ein aussichtsloses Unterfangen gewesen. Das war ihr klar. Nach ihrer Drehung sah sie gerade noch, wie der Schatten verschwand und zwischen den Bäumen hin- und herwechselte. Er beobachtete sie und gab sich dabei keine große Mühe, unentdeckt zu bleiben. Sie durfte ihn sehen. Wenige Sekunden später war er dann aber doch verschwunden. Sie stand ganz allein in dieser Öde. Keiner ihrer vielen Gedanken war greifbar, die Situation schien so unwirklich und ihre Gefühle brachten sie beinahe um den Verstand. Sie hätte loslaufen können. Aber sie wusste nicht, wohin und wie lange sie laufen müsste, ehe sie womöglich verhungern oder verdursten würde. So wollte sie sich auf einen größeren Stein setzen, als sie Schritte hörte. Es konnte der Schatten nicht sein. Die Schritte wurden lauter; sie kamen näher. Sie spürte ihn. Er kam. Der Besitzer des Schattens. Er kam von hinten und Sabine traute sich nicht, sich umzudrehen. Wenige Meter hinter ihr blieb er stehen. Er schien auf etwas zu warten. Weder kam er näher noch sagte er etwas. Sabine versuchte sich zum Umdrehen zu zwingen. Es fiel ihr so unendlich schwer. Sie bekam nur eine viertel Drehung hin. Zudem drehte sie ihren Kopf noch ein Stück weiter. Sie sah ihn. Sie sah ihn wirklich. Sie sah sie beide. Der Schatten; es war sein Schatten. Nun hing er am Boden und hatte das Aussehen eines gewöhnlichen Schattens. Merkwürdig war nur, dass das Licht gar nicht entsprechend fiel, sodass der Schatten dadurch viel kürzer und in eine andere Richtung hätte fallen müssen. Schließlich sah sie den Mann an. War er überhaupt ein Mann? Was er oder es ein Mensch? Er war sehr dunkel gekleidet und sein Gesicht war ganz im Dunkeln. Sie konnte nichts von ihm erkennen. Sie könnte keine Beschreibung von ihm abgeben. Allerdings stellte sich auch die Frage, wo sie überhaupt eine Beschreibung hätte abgeben können. Bei der Polizei bestimmt nicht. Wenn sie erzählt hätte, dass ein Schatten sie entführt und über die Stadt geflogen hätte, um sie zu einem schwarzgekleideten Mann zu bringen, dann wäre es jedem schwer gefallen, ihr zu glauben. Trotz ihrer Angst wollte sie ihm in die Augen schauen. Sie wollte sehen, wollte erkennen, ob er Böses vorhatte. Sie wollte durch das Tor zur Seele schauen, um ihn einschätzen zu können. Sie sah aber nichts. Nicht einmal das Weiß in seinen Augen konnte sie erkennen. Es war alles nur finster. In seiner rechten Hand

36

hielt er etwas. Sabine sah genauer hin. Es schien ein langer Stock zu sein. Wirklich erkennen konnte sie es erst, als er seine Hand nach vorne hob. Es war ein Speer. Ihr Herz schlug schneller. Sie brauchte Hilfe. Sie brauchte eine Lösung oder er würde ihr etwas antun. Er hob seinen Fuß und machte einen weiteren Schritt auf sie zu. Sie wollte schreien, aber ihr Mund brachte wieder keinen Ton hervor. Mit dem Speer in seiner Hand kam er nun an sie ran und sprach: „Sabine!" Ihr Gesicht war angstverzerrt. „Sabine!" Sie konnte doch nicht antworten. In ihren Gedanken tat sie es: „Was? Was bin ich, dass mir das passieren soll?" Darauf erhielt sie keine Antwort. Er wurde lauter: „Sabine!" Und noch einmal: „Sabine! Komm jetzt. Oma will gehen."

Sabine riss die Augen auf, schreckte hoch und saß schweißgebadet in ihrem Bett.

„Sabine, kommst du jetzt bitte." Erschöpft stand sie auf. Mit ihren Ärmeln trocknete sie ihr Gesicht und ging hinaus. Ihre Oma stand an der Wohnungstür, als ihre Enkelin auf sie zukam, um sie in den Arm zu nehmen. „Kind, was ist denn mit dir? Hast Du Sport getrieben?", fragte sie kopfschüttelnd. Sie erwartete gar keine Antwort und verabschiedete sich. Sabine ging zurück in ihr Zimmer, ließ die Jalousien runter, nahm ihre Wasserflasche vom Schreibtisch und ließ sich auf das Bett fallen. Sie trank viel und versuchte sich zu entspannen. Sie musste erst realisieren, dass es wirklich nur ein Traum gewesen war. Zunächst war es nur die Hoffnung, es möge ein Traum gewesen sein. Kurz kam die Befürchtung auf, sie hätte es wahrhaftig erlebt und wäre anschließend vom Schatten zurückgebracht worden. Sie stellte ihre Flasche auf den Boden und setzte sich im Bett an die Wand. „Puuhh … ist das alles abgefahren," meinte sie zu sich selbst.

Am Sonntag brannte der Docht der ersten Kerze auf dem Adventskranz. Die Vorweihnachtszeit wurde eingeläutet. In knapp vier Wochen stand Weihnachten vor der Türe und die nächsten Schulferien. Das hieß aber auch, dass bald einige Klassenarbeiten anstehen würden und Sabine noch einiges zu lernen hatte. Am Frühstückstisch fragte der Vater seine Kinder: „Was wollt ihr heute machen?" Emma hatte vor zu basteln und nachmittags vielleicht mit einer Freundin zu spielen. Sabine schaute auf und antwortete: „Ich muss noch Hausaufgaben machen und lernen." Ihr Vater nickte ihr zu und erwiderte: „Mach das. Und räum′ dein Zimmer auf." Der Duft der Nadeln des Adventskranzes hatte sich ausgebreitet und gemeinsam mit dem Kerzenschein versetzte er sogar Sabine ein wenig in Stimmung. „Laut Wetterbericht könnte heute Nacht der erste Schnee fallen," meinte ihre Mutter. Emma freute sich darüber. In Gedanken tollte sie im Schnee herum und sauste schon auf einem Schlitten einen Hang hinunter. Sabine war sitzengeblieben bis alle fertig waren. Zum einen war es die feierliche Stimmung und zum anderen aber auch, die wartenden Schulaufgaben in ihrem Zimmer, auf die sie überhaupt keine Lust hatte. „Lasst uns den Tag richtig beginnen," sagte der Vater aufmunternd und Emma stürmte los. Sie brachte ihre Tasse und ihren Teller in die Küche und saß kurz darauf in ihrem Zimmer auf dem Boden mit Klebstoff, Papier, Pappe, Schere und Stiften. Lustlos war Sabine aufgestanden. Ehe sie sich jedoch an den Schreibtisch setzte, ging sie zum Fenster. Es sah sehr kalt aus. Gerade sah sie einen Nachbarn vorbei gehen. Er war dick in Mantel und Schal eingepackt. Die Luft schien klar zu sein. Dennoch öffnete sie ihr Fenster nicht. Dabei dachte sie gar nicht an einen ungebetenen Besucher. Sie wollte die Kälte nicht im Zimmer haben. So stand sie zehn Minuten und schaute in die weite Welt. Gedanklich begann sie wieder zu sprechen und stellte sich viele Fragen: „Was bin ich eigentlich? Ein Mensch. Ja. Lebewesen unter zig Milliarden. Ja. Aber auch ein Sandkorn im Universum. Bin ich ein Teil von Gott? … Oder ist Gott ein Teil von mir? … Was ist Gott? … Was bin ich? … Ich verstehe es nicht." Eines wusste sie: Sie musste ihre Hausaufgaben machen, um in der Schule keinen Ärger zu bekommen. Also setzte sie sich hin und nahm sich ihre Schulsachen vor. Die nächsten beiden Stunden verliefen quälend und mit vielen Ablenkungen. Dafür sorgte sie stets selbst. Weder passierte etwas vor ihrem Fenster noch kam Emma herein. Sie selbst lenkte sich mit den Dingen auf ihrem Schreibtisch ab, dachte, auf die Toilette zu müssen, zwischendrin begann sie zu malen oder mit irgendwelchen Dingen zu spielen. Nach den Hausaufgaben, die sie wenig ordentlich erledigte, lernte sie noch Vokabeln. Sie hatte bald auch davon genug und zog sich mit ihrem Buch ins Bett zurück. Das gefiel ihr deutlich besser als das Lernen von Vokabeln:

„Und was nun?", fragte der Gärtner nervös. Lady Bedfield
zog ihre linke Braue hoch und beantwortete die Frage ruhig
und gelassen, wie es sich für eine britische Lady gehörte: „Sie
wissen nichts. Gar nichts. Machen sie nur ihre Arbeit und
überlassen sie das Denken und Handeln mir." Mit einer win-
kenden Handbewegung deutete sie ihm an, sich zurückzuzie-
hen. Schwitzend verließ er den Salon und ging wieder an die
Arbeit im Garten. Lady Bedfield läutete nach dem Butler, der
in Sekundenschnelle in der Türe stand: „Meinen Wagen. Ich
muss zur Bank," sagte sie mit einem listigen Grinsen.

Sabine mochte diese Form der Krimis. Lady Bedfield
war zwar nicht gerade ein Buch für Kinder, aber Sabine
las gerne spannende Bücher, die eher für Erwachsene
geschrieben waren. Da durfte ein Buch auch schon mal
jenseits der 800 Seiten haben.
Sie las noch einige Zeit weiter bis die Mutter zum Mittagessen rief.
Nachmittags traf sie sich mit Marie und Pia. Sie hatten
sich bei Marie verabredet gehabt. Als Sabine am frühen
Nachmittag das Haus verließ, trat sie nicht gleich ganz
auf die Straße. Sie blieb in der Türe stehen und sah sich
erst einmal um. Es wurde allmählich zur Routine, sich
nach dem Schatten umzusehen. Die Furcht, ihm zu begegnen, waren stets von den Fragen begleitet, wer und
was sie selbst sei. Den Weg kannte sie natürlich gut. Zunächst zu der ihr bestens bekannten Bushaltestelle und
von dort musste sie zwei Haltestationen fahren. Allerdings fuhren die Busse am Sonntag nicht so oft. Zudem
stand sie auf der anderen Straßenseite, da sie in die

andere Richtung also sonst musste. So wie sich auch ein Krimineller umschaut, der Angst hat, von der Polizei verfolgt zu werden, blickte sich auch Sabine unruhig immer wieder um. Sie musste an Lady Bedfield denken, die ihren Mann ermordet hatte und dabei seelenruhig blieb. Ihr Gärtner hingegen, der die Leiche vergraben hatte, war ebenso ängstlich und nervös wie sie selbst. Der Unterschied war jedoch die Vertuschung einer Straftat. Sie hingegen hatte nichts verbrochen und war Opfer. Ein Opfer, das nicht zur Polizei gehen konnte. Zum einen war noch nichts passiert und zum anderen hätte man ihr nach wie vor nicht geglaubt. Nur sie wusste von ihm. An diesem kalten Sonntagnachmittag waren die Straßen leer. Keiner bekäme etwas mit, wenn Sabine plötzlich entführt werden würde. Ihre Hände waren tief in die Jackentaschen vergraben, die Schultern angespannt und die Augen überall, als sie an die Bushaltestelle kam. Sie stand dort allein. Von zu Hause war sie auf den letzten Drücker losgegangen, damit sie nicht lange in der Kälte warten musste. So kam es dann auch. Nach nur einer Minute des Wartens fuhr der Bus vor. Erleichtert stieg sie ein und ließ sich in der Nähe des Ausgangs im hinteren Teil des Busses auf einem Sitz nieder. Sie beobachtete die Mitfahrer. Es waren nur drei andere Leute im Bus. Eine junge Mutter mit ihrer Tochter. Die Kleine war vielleicht sechs Jahre alt. Sie unterhielten sich über ihren Oma-Besuch, den sie gerade vorhatten. Zudem saß noch ein Mann mit Bart und komischer Mütze im Bus. Sie beobachtete ihn etwas länger. Da er aber kein einziges Mal Notiz von ihr nahm, entspannte sie sich beruhigt. An der nächsten Haltestelle stiegen zwei Männer ein. Sie unterhielten sich, als sie durch den Bus gingen und der eine von ihnen Sabine anschaute. Sie sprachen eine fremde Sprache, so dass Sabine nicht wusste, worüber sie sprachen. Der Blick des Mannes durchdrang sie und machte sie sehr nervös. Was wollte er von ihr? Sie kamen näher. Der Bus fuhr los und der Mann, der sie anschaute, stolperte durch das Anfahren nach vorne und stand plötzlich ganz nah vor Sabine. Sie erschrak. Er richtete sich auf und sprach sie an: „Entschuldigung, das ist kein Überfall", grinsend ging er mit dem anderen an ihr vorbei, und sie setzten sich in die vorletzte Reihe. Sabine fand das gar nicht lustig. Dennoch entspannte sie sich wieder. Sie sah sich die Werbung an, die im Bus hing, das rotkarierte Muster der Sitzpolster und ab und zu schaute sie nach draußen. Nach nur elf Minuten war die Fahrt für sie beendet. Sie musste aussteigen. Sie verließ den Bus und ging mit schnellen Schritten die Straße entlang. Es war für sie beruhigend, einige Leute auf der Straße zu sehen. Sie war sich sicher, im Beisein anderer nicht überfallen oder entführt zu werden. Nach wenigen Gehminuten kam sie an die Türe. Sie schaute auf das Klingelschild und drückte drauf. Pia war bereits eingetroffen und so nahmen die beiden Sabine in Empfang. In Maries Zimmer waren der Schatten und auch Lady Bedfield schnell vergessen. Sie lachten, alberten herum und lästerten über Klassenkameraden. Es gab aber auch unerfreuliche Themen: Schulthemen.

Stunden später saß Sabine wieder im Bus. Draußen dämmerte es schon eine Weile. Man konnte fast schon von Dunkelheit sprechen. Entsprechend waren ihre Gefühle. Sie achtete weder auf die Mitfahrer, noch auf die Werbung oder das Polster. Sie versuchte, draußen etwas zu erkennen. Sie wollte sehen, ob der Bus einen Begleiter hatte. Und so war es. Auf der rechten Seite des Busses sah sie ihn an der Hauswand. In gleicher Geschwindigkeit des Busses glitt der Schatten an der Hauswand entlang. Ihr Herz raste. Sie fürchtete sich und wollte gar nicht aussteigen. Sie überlegte, ob sie zu Hause anrufen sollte, um sich vom Bus abholen zu lassen. Trotz ihrer Angst war ihr das zu peinlich. Ihr blieb nur eine Möglichkeit: sie musste rennen. Sehr schnell rennen. Natürlich war ihr bewusst, nie so schnell sein zu können wie ein fliegender Schatten. Aber eine Wahl hatte sie nun mal nicht.

Der Bus hielt an und Sabine stieg aus. Eben noch war der Gedanke an das Rennen so stark, doch an der Umsetzung scheiterte es. Sie ging verhältnismäßig langsam. Stets blickte sie in alle Richtungen. In der Dämmerung sah sie keinen Menschen. Der Bus war längst um mehrere Ecken gefahren. Sie lauschte in den frühen Abend hinein. Sie hörte den Wind in ihren Ohren rauschen. In der Ferne vernahm sie Motorengeräusche. Plötzlich blieb sie überrascht stehen, um sicher zu sein, dass sie das Gesehene richtig sah. Sie hob ihren Kopf und schaute in den immer dunkler werdenden Himmel. Sie hatte richtig gesehen. Schneeflocken fielen wie Puderzucker auf sie hernieder. Zunächst nur einzelne

Flöckchen. Dann wurden es mehr und einige waren auch größer. Die vielen kleinen Flöckchen erhellten den Himmel. Sabine gefiel das. Sie streckte ihre Arme aus und öffnete weit ihren Mund. Sie drehte sich um ihre eigene Achse. So ging sie einige Schritte heimwärts. Mit einem entspannten Gesichtsausdruck lief sie nach Hause. An ihren Verfolger dachte sie gar nicht mehr. Der Schnee hatte sie völlig abgelenkt. Als sie in die Wohnung trat, rief sie laut aus: „Es schneit." Emma rannte zum Fenster und war ebenso begeistert.

Am späten Abend lag Sabine in ihrem Bett. Bevor sie einschlief, begleitete sie noch eine Frage: „Was bin ich?"

Kapitel 2

Lady Bedfield, der Fremde und noch mehr Fragen

Die Tage vergingen. Der zweite Advent kam. Die Oma kam. Der Advent ging vorüber. Die Oma ging. Der Schatten war mal in ihrer Nähe und dann war auch er wieder fort und plötzlich wieder da. In der Schule wurden Arbeiten geschrieben, zurückgegeben und die Ordnung in Sabines Zimmer war keine Ordnung – es war ein Chaos.

An einem Nachmittag saß Sabine allein im Bus auf dem Nachhauseweg von der Schule. Marie war von einem grippalen Infekt heimgesucht worden und musste das Bett hüten. Das einzig Gute am Nachmittagsunterricht, so fand Sabine, war es, dass der Bus am Nachmittag bei weitem nicht so voll war wie mittags. Sie saß in der letzten Reihe und hatte ihr Buch aufgeschlagen:

Der Polizist saß Lady Bedfield gegenüber. Seine finstere Miene beindruckte die elegante Dame überhaupt nicht. Für sie war er nur ein kleiner Staatsdiener ohne größere Intelligenz. Er hatte sich eben etwas auf seinen Notizblock geschrieben und blickte dann auf: „Lady Bedfield, sie gaben an, ihren Mann am frühen Morgen das letzte Mal gesehen zu haben. Bleiben sie bei dieser Aussage?" Sie schaute ihn kurz und oberflächlich an und zog dann an ihrer Zigarettenspitze. Sie

stammte aus der Zeit des Art Déco und war an die 20 Zenti-
meter lang. An ihrem Ende befand sich eine halbe Zigarette.
Aus dem Fenster blickend, antwortete sie kühl: „So, gab ich
das an? Dann wird es wohl so gewesen sein."

Sabine kam sich beobachtet vor. Sie schaute von ihrem
Buch auf und sah sich die anderen Fahrgäste an. Einige
Schüler, die an ihrem Handy aktiv waren und miteinander Blödsinn machten. Eine ältere Frau mit Einkaufstaschen, die aus dem Fenster sah. Zwei ausländi-
sche Frauen, welche sich unterhielten. Ein Mann mit geschlossenen Augen, der aussah, als hätte er bereits ein
Bier zu viel gehabt. Und dann war da noch ein Mann.
Er saß allein auf einer Bank. Er schien einfach nach
vorne zu schauen. Sabine konnte also keine auffällige
Person entdecken, die Interesse gehabt haben könnte,
sie zu beobachten. Sie schaute noch einmal in die
Runde. Ihr Blick blieb bei dem einzelnen Mann hängen,
der nach vorne schaute. Sie musterte ihn. Er sah ganz
normal aus. Kurze Haarfrisur, keinen Bart und eine
dunkle Winterjacke. Mehr konnte sie nicht erkennen.
Nun war er es wohl, der sich beobachtet vorkam. Rasch
drehte er seinen Kopf nach hinten und blickte Sabine
direkt in die Augen. Beschämt schaute sie schnell wieder nach unten in ihr Buch. Diese peinliche Situation
hätte sie sich gerne erspart. Vorsichtig lugte sie hoch
und schaute in ein freundlich charmantes Lächeln. Sie
schaute ihn einfach nur an. Es kam keine Reaktion von
ihr. Erst als er ihr zuzwinkerte und sich wieder um-
drehte, kam von ihr ein Lächeln zurück.

An der nächsten Haltestelle stand sie auf und ging zur Tür. Als sie an ihm vorbeikam, hörte sie ein freundliches „Tschüss". Die Türe öffnete sich und als Sabine rausging, schaute sie ihn an und erwiderte: „Tschüss."

Auf dem kurzen Fußmarsch ging ihr wieder allerhand durch den Kopf: Die zu machenden Hausaufgaben, die morgige Klassenarbeit in Englisch, was sie wohl zu Hause erwarten würde, Lady Bedfield und auch der Schatten spukte kurz in ihrem Kopf herum.

Die meiste Zeit war es Lady Bedfield, an die sie auf ihrem Heimweg dachte. Sie war eine starke Frau. Sie war eine selbstbewusste Persönlichkeit. Sie schien aufgrund ihrer Tat nicht einmal Reue zu spüren. Sabine wusste natürlich, dass Lady Bedfield ins Gefängnis gehörte, aber ein wenig imponierte sie ihr auch.

Als sie nach Hause kam war keiner da. Sie wusste, dass ihre Mutter mit Emma zum Zahnarzt war. Sie wusste nur nicht, wie lange es gehen würde und ob sie nicht doch schon vor ihr wieder zurück sein würden. In gewohnter Manier schmiss sie ihre Schultasche auf den Boden. Sie trank einen großen Schluck aus der Wasserflasche, die auf ihrem Schreibtisch stand.

Schließlich schlüpfte sie in bequemere Klamotten und nahm sich etwas widerwillig das Englischbuch vor. Sie zog sich ins Bett zurück und begann im Grammatikteil des Buches, das Kapitel über ‚Present Perfect' zu lesen. Sie las darüber, wie es gebildet wurde, nämlich mit ‚has' oder ‚have' und der dritten Form. Perfect stand für einen Zeitraum, also hieß das für Sabine, dass sie es nutzen würde, wenn etwas in der Vergangenheit standfand und das Ergebnis in der Gegenwart noch Bestand hatte. Als sie sich den Text zweimal durchgelesen hatte, blätterte sie nach vorne und machte noch einige Aufgaben zu diesem Thema. Sie hatte gerade vier Sätze aufgeschrieben, als ihre Mutter und Emma wiederkamen. „Sabine, kommst du bitte in die Küche und hilfst mir," rief ihre Mutter. Dieser Aufforderung kam Sabine nur zu gern nach. Sie schmiss die Englischsachen zur Seite und ging in die Küche. Im Flur traf sie auf Emma. Die beiden gingen wortlos aneinander vorbei. In der Küche begrüßte sie ihre Mutter. Auf dem Küchenschrank waren zwei große Taschen voll mit Eingekauftem. Neugierig packte Sabine die Sachen zunächst nur aus der Tasche auf den Schrank, um sie von dort aus in die entsprechenden Schränke zu verteilen. Von Putzmitteln über Nudeln, von Soßen über Zahnpasta und von Zeitschriften bis hin zu Süßigkeiten gab es einiges zu verstauen. Motiviert, jedoch nicht sehr eilig, räumte Sabine die Sachen ein. Ihre Mutter verschwand im Schlafzimmer. Kurz bevor Sabine fertig war, kam Emma in die Küche: „Draußen schneit es ganz arg." Sabine sah sie nicht an und erwiderte: „Toll. Und wen interessiert das jetzt?" Emma sah schnippisch zu ihrer älteren Schwester: „Mich." Gleichgültig kam die Antwort von Sabine: „Dann erzähle es dir."

Beim Abendessen erzählte der Vater kurz etwas von seiner Arbeit und fragte seine Töchter nach der Schule. Sabine hatte nichts zu erzählen und konzentrierte sich mehr auf das vor ihr liegende Wurstbrot. Emma

48

hingegen erzählte von Frau Müller, ihrer Deutschlehrerin, vom Schnee, dem Sportunfall, bei dem zwei ihrer Klassenkameradinnen beim Brennball zusammengeprallt waren und davon, dass alle ihre Hausaufgaben erledigt seien. Die Mutter wollte sich wohl auch zu Wort melden und wusste nichts Besseres, als mitzuteilen, dass Sabine die Einkaufstaschen ausgepackt hatte. „Wow. Das war dann wohl meine größte Leistung des heutigen Tages," dachte sie sich enttäuscht.

Kaum hatte sie den letzten Happen im Mund, stand sie auch schon wieder auf, stellte ihren Teller auf die Spüle und verschwand mit der Information, noch Englisch lernen zu müssen. Für fünf Minuten schaute sie sich noch aktuelle Vokabeln an. Zu mehr konnte sie sich nicht aufraffen. Stattdessen versicherte sie sich, dass die Jalousien auch wirklich komplett geschlossen waren, damit der Schatten nicht hindurchspähen konnte und widmete sich dann wieder Lady Bedfield.

Mit einem Besen in der Hand stand er nervös im Garten und versuchte durch die geschlossene Terassentür, Lady Bedfield und den Polizisten zu beobachten. Er versuchte in den Körperhaltungen und Gesten der beiden zu lesen. Es gelang ihm aber nicht. Er war verwundert über den Alleingang des Kommissars. Für gewöhnlich kamen sie stets zu zweit. Als würde er fleißig fegen, bewegte er sich auf den Steinplatten und beobachtete dabei die Glastüre. „Ich hätte da noch ein paar Fragen," kam eine Stimme von hinten; er erschrak. „Der zweite Polizist", schoss es ihm durch den Kopf.

Seine Nervosität fiel natürlich sofort auf: „Was haben sie?
Haben sie etwas zu verbergen?" Es war dem Gärtner nicht
möglich Blickkontakt zu halten. „Nein, nein", antwortete er,
„ich bin nur etwas in Eile. Habe keine Zeit. Ich habe noch viel
zu tun." Der Polizist erwiderte: „Nun, dann werden sie sich
ein wenig Zeit nehmen müssen.

Ihr Handy meldete sich. Sabine legte das Buch aus der
Hand, um nach ihrem Handy zu greifen. Marie wollte
wissen, was es in der Schule Neues gab. Sabine überlegte kurz und tippte ein: „Nix besonderes. Morgen E-
Arbeit. Außer dir sind Paul und Sofia krank." Marie
schrieb zurück, sie werde die ganze Woche nicht in die
Schule können. Das Fieber sei ordentlich hoch und ihre
Übelkeit recht stark. Sabine wünschte ihr gute Besse-
rung, dann war der Kontakt auch schon wieder beendet. Es dauerte aber nicht lange und Pia schrieb. Sie
wollte wissen, ob die neuesten Vokabeln auch abge-
fragt werden würden. Sabine tippte in ihr Handy: „Will
es hoffen. Hätte sie doch sonst umsonst gelernt. Weiß
es aber nicht."
Der Tag verging. Beim Einschlafen vernahm Sabine ein
Klopfen an ihren Jalousien. Sie wollte jetzt eigentlich
friedlich einschlafen. Stattdessen zog sie die Decke
hoch bis zur Nasenspitze. Sie fing an zu schwitzen. Jedoch nicht wegen der Wärme. Sie fühlte ihn. Er war da
draußen. Ganz nah bei ihr.
Am nächsten Morgen war sie mal wieder wie gerädert
und kam nur sehr schwer aus dem Bett. Lustlos stieg
sie aus dem Bett und ging zu ihrem Schrank. Sie suchte
50

sich frische Wäsche aus. Nachdem sie in der Nacht so viel geschwitzt hatte, wollte sie unbedingt duschen gehen.

Bevor sie sich auf den Weg machte, zog sie die Jalousien hoch. Sie bekam ganz große Augen. Es muss die ganze Nacht geschneit haben. Alles war ganz weiß und das nicht zu knapp. Das gefiel ihr.

Etwas motivierter schnappte sie sich nun ihre Jacke, zog sich die Schuhe an und verschwand in den Tag. Die Fußwege waren nur zum Teil gekehrt und so war es gar nicht so einfach, voran zu kommen. Auf der Straße hörte sie ein Räumfahrzeug. Obwohl der Himmel noch nicht viel Licht hergab, war es sehr hell. Der Schnee reflektierte jedes noch so kleine Licht und so waren die Straße und der Gehweg hell erleuchtet. Sabine sah einige Leute auf ihrem Weg. Es gab jene, die grummelnd den Schnee schaufeln mussten, es gab Kinder, die lachend und Schnee werfend herumtollten und jene, die einfach nur einen sicheren Weg durch den hohen Schnee suchten. An der Bushaltestelle standen schon einige, als Sabine eintraf. Es war kalt. Sie wechselte ihr Körpergewicht von einem Bein aufs andere. Ihre Hände hatte sie in den Jackentaschen und ihre Schultern hatte sie hochgezogen. Der Bus hatte Verspätung. Es war davon auszugehen, dass die schlechten Straßenverhältnisse das verschuldet hatten.

Fast zehn Minuten kam er zu spät. Bis dahin regten sich einige Leute, die mit Sabine warteten, gewaltig auf. Als sie einstiegen, sagten sie aber nichts. Der Bus war wie jeden Morgen sehr voll. Sabine drängte sich durch die

Reihen. Sie kam nicht ganz bis zur Mitte, dort hielt sich stehend fest. Ihr Blick schweifte umher. Sie sah einige bekannte Gesichter. Also Gesichter, die sie häufiger im Bus antraf und Schüler, die sie aus ihrer Schule kannte. Dann erkannte sie ein neues Gesicht. Dieses hatte sie gestern zum ersten Mal bewusst wahrgenommen. Es war der fremde Mann. Sie sah ihn an und es dauerte nicht lange, bis auch er sie ansah. Er nickte ihr zu und Sabine lächelte kurz, schaute aber schnell wieder weg. Sie starrte auf ihre Füße. In den Kurven verkrampften sich ihre Beine, damit sie nicht umfiel, ihre Hand griff fest in die Haltestange. Die Fahrt dauerte gefühlt länger als sonst. Aber bald war es geschafft. Der Bus hielt nahe der Schule und dort er leerte sich rasch. Vor der Schule traf sich Sabine mit Pia. Gemeinsam gingen sie frierend hinein. Es dauerte gar nicht mehr lange und sie saßen vor ihrer Englischarbeit. Sabine schaute auf den englischen Text und die dazugehörigen Fragen. Auf dem anderen Blatt waren Lückentexte. Sie atmete tief durch und begann den Text zu lesen.

Für einen ganz kurzen Moment gingen ihre Gedanken zu dem Schatten, zu Lady Bedfield und sogar zu dem Fremden im Bus. Doch dann konzentrierte sie sich und gab sich große Mühe. Sie wollte ja gute Noten erzielen. Sie hatte lediglich die Schwierigkeit, zu Hause ausreichend dafür zu tun. Fehlende Motivation war häufig die große Bremse für sie.

Irgendwann hatte sie auch diesen Schultag hinter sich gebracht. Doch heute ging es nicht gleich nach Hause. Mit Pia zog sie los, um ein wenig zu shoppen und Spaß zu haben. Zuerst steuerten sie ein Schuhgeschäft an. Sie probierten viele Schuhe aus, liefen damit im Geschäft herum und stellten sich vor einen Spiegel. Ohne neue Schuhe, aber wieder aufgewärmt, zogen sie weiter durch die Kälte. Als nächstes steuerten sie einen Drogeriemarkt an. Pia brauchte noch ein paar Kleinigkeiten. Dabei testeten sie auch gleich mal verschiedene Parfums aus, schauten sich die neuesten Farben bei den Lippenstiften an und rochen an den Duschgels. Sie hatten viel Spaß und hatten auch viel zu lachen. Es folgten noch einige Geschäfte. Nie blieben sie lange auf der Straße. Es war kalt und in den Geschäften konnten sie sich immer wieder wunderbar aufwärmen. Als sie eine Boutique verließen, stockte Sabine. „Was ist los? Lauf doch weiter," meinte Pia, die ihr fast hinten drauf gelaufen wäre. Er war wieder da. Sabine hatte ihn gerade noch gesehen. Hinter einem kleinen Transporter hatte er sich zurückgezogen. Sie fragte sich allerdings, warum er sich heute versteckte. Das machte er doch schon lange nicht mehr. Er wollte, dass sie von seiner Anwesenheit wusste. Sie überlegte, was dafür der Grund sein konnte. Möglicherweise wollte er sie überraschen. Doch eine Entführung am helllichten Tag, hier, wo so viele Menschen unterwegs waren, konnte sich auch Sabine nicht vorstellen. Daher wiegelte sie mit einer Handbewegung ab und stapfte neben Pia her. Dennoch sah sie sich immer wieder um.

Irgendwann wurden die beiden müde und beschlossen, sich auf den Heimweg zu machen. Pia begleitete ihre Freundin zur Bushaltestelle. Sabine sah auf die Uhr und war genervt: „Ach nee, das ist eine blöde Zeit. Da wird der Bus jetzt voll sein." Pia wurde es zu kalt, um länger an der Haltestelle zu warten. Sie verabschiedeten sich voneinander und dann war Pia auch schon weg. Viele Berufstätige machten sich gerade auf den Heimweg und auch der Nachmittagsunterricht in den Schulen war beendet. Sabine musste nicht länger warten; der Bus kam. Sie ging die drei Stufen hoch, zeigte ihren Fahrausweis dem Fahrer und war überrascht, den Bus gar nicht so überfüllt zu sehen, wie sie es schon befürchtet hatte. Einen Platz würde sie auf jeden Fall bekommen.

Kaum war sie drin, fuhr der Bus auch schon wieder los. Beim Durchgehen hielt sie sich an den Griffen der Sitze fest, um bei einem Bremsen oder in einer Kurve nicht auf einen Fahrgast zu stürzen.

Die ersten Worte

Sabine sah eine komplett freie Sitzbank. Als sie bei ihr ankam, stockte sie. Auf dem Platz davor saß der Fremde. Als sie kurz vor der Bank stehen blieb, wurde sie von ihm bemerkt. Er lächelte und grüßte kurz: „Hallo." Sabine grüßte zurück und wollte sich hinter ihn setzen. Während sie sich setzte, sah sie einen großen Umschlag auf dem Platz neben dem Mann vor ihr. Ehe sie sich setzte, versuchte sie, etwas lesen zu können. Da stand nur ein Name drauf; wahrscheinlich seiner: L. Ziffer. Nach einem lustigen Nachmittag entspannte sie
54

sich im warmen Bus und schaute aus dem Fenster. Aber immer wieder zwang sie eine innere Stimme nach vorne zu schauen. Sie sah zwar nur seinen Hinterkopf, aber irgendwie machte sie der fremde Mann neugierig. Als hätte er ihre Blicke gespürt, drehte er sich plötzlich um. Seine Augen sahen freundlich aus. Er fragte: „Wie heißt du?" Eigentlich würde Sabine einem Fremden nie auf private Fragen antworten. Doch sie verspürte das Gefühl von Vertrauen in sich und so antwortete sie: „Ich bin Sabine." Er drehte sich ein Stück weiter um und erwiderte: „Hallo Sabine. Ich bin Lou." Sie grinste keck und meinte nur: „Hi!" Die beiden kamen ins Gespräch. Lou fragte sie, ob sie auf dem Heimweg sei. Sie bejahte seine Frage und stellte die gleiche Frage an ihn. „Ja, mein Arbeitstag ist getan," antwortete er. Im weiteren Gesprächsverlauf erzählte sie über die Schule und ihren lustigen Nachmittag. Sie war über sich selbst sehr verwundert. Sonst erzählte sie nie so viel; und schon gar nicht einem Fremden. Das war schon sehr außergewöhnlich. Sie lernten sich gerade kennen und doch schien er ihr schon vertraut zu sein. Wie selbstverständlich unterhielt sie sich mit ihm. Ein neues, komisches Gefühl durchströmte sie. Sabine fragte ihn: „Fahren sie viel weiter als ich?" Lou antwortete ihr: „Du kannst mich ruhig duzen, Sabine. Nein. Drei Haltestellen nach dir steige ich auch aus. Und dann laufe ich noch ca. fünf Minuten." – „Ja, so lange brauche ich auch in etwa nach dem Aussteigen," erwiderte sie.

Obwohl die Fahrt länger ging als ihre Heimfahrt von der Schule, kam es Sabine viel kürzer vor. „He, ich glaube, du musst an der nächsten Haltestelle raus," grinste Lou. Sabine schaute erstaunt aus dem Fenster und war überrascht: „Oh ja. Das ging ja schnell." Sie packte sich die Tasche und im Aufstehen schloss sie ihre Jacke. Mit kleinen Schritten lief sie Richtung Ausgang: „Tschüs. Bis bald." Er lächelte ihr zu und gab zurück: „Ciao. Wir sehen uns."

Als Sabine ausgestiegen war, musste sie feststellen, wie die Dämmerung schon wieder hereingebrochen war. Positiv beschwingt lief sie nach Hause. Kalte Luft blies ihr ins Gesicht. Der Boden war sehr nass. Schnee lag an den Seiten des Bürgersteiges. Viel war es nicht. Vielleicht hätte es für eine kleine Schneeballschlacht gereicht, jedoch nicht für eine Schlittenfahrt. „Hallo Frau Mehnert," sagte Sabine freundlich zu der ihr entgegenkommenden Frau. Diese erwiderte freundlich den Gruß. Sabine hatte Frau Mehnert gerade passiert, da erblickte sie ihren unangenehmen Begleiter. Zunächst schaute sie erschrocken auf die andere Straßenseite. Doch ihre positive Stimmung schwenkte nicht in eine ängstliche Stimmung. Nein. Sabine verspürte eher Kraft und Wut. Wenngleich etwas verunsichert, nahm sie doch all ihren Mut zusammen und überquerte die Straße. Sie wollte nun ein für allemal wissen, was er von ihr wollte. Sie dachte in diesem Moment überhaupt nicht daran, ohne sich wehren zu können, entführt zu werden. „Wo bist du?", rief sie. Erst als sie es ausgerufen hatte, drehte sie sich einmal komplett um. Natürlich wollte sie keine Leute auf sich aufmerksam machen, die

56

sie womöglich für verrückt halten könnten. Sie sah niemanden. So hielt sie weiter Ausschau nach dem Schatten. Sie suchte die Hauswände und Garagentore ab, schaute hinter einigen Bäumen und fand ihn dennoch nicht. Ein Gefühl von Enttäuschung und Erleichterung vermischten sich. Enttäuschung deswegen, weil sich Sabine das erste Mal stark genug gefühlt hat, sich dem Schatten zu stellen. Andererseits aber Erleichterung, da sie nicht wusste, ob sie überhaupt eine Chance gegen ihn hätte. Nachdem ein Auto an ihr vorbeigefahren war, lief sie wieder zurück und setzte ihren Heimweg fort.

Etwas erschöpft von dem heutigen Tag kam sie endlich zu Hause an. Wie üblich rief sie ein ‚Hallo' in die Wohnung. Schuhe und Jacke ließ sie im Flur an der Garderobe und wollte gerade in ihr Zimmer, als ihre Mutter sie ins Wohnzimmer rief. Sie saß zusammen mit Emma am Tisch. Sie hatten ein Puzzle vor sich liegen und die Mutter fragte sie: „Möchtest Du mitmachen?" Sabine sah auf den Tisch. Sie hätte es wohl in diesem Moment gern getan. Aber sie hatte anderes zu tun: „Leider nicht. Ich muss noch einige Hausaufgaben für morgen machen." Damit zog sie sich zurück. Die Tasche landete auf dem Boden und sie selbst ließ sich in den Schreibtischstuhl fallen. Sie atmete einmal tief durch und mit einem kräftigen „Puuuhhhh" verschaffte sie sich einen Überblick. Schnell fertig werden wollend, arbeitete sie konzentriert die einzelnen Aufgaben ab. Zwar hatte sie nicht sehr viel Platz auf ihrem Schreibtisch, aber was für ihr Heft erforderlich war, schaffte sie durch

Wegschieben. Ihre Bücher wurden von ihr einfach wieder einmal auf andere Sachen gelegt.

Gegen 18 Uhr hatte sie ihre schriftlichen Hausaufgaben fertig. Ihr Vater war inzwischen von der Arbeit nach Hause gekommen. Nun musste sie noch Vokabeln lernen und einen Text für Geschichte lesen. Beides machte sie in ihrem Bett liegend. Sie lag auf dem Bauch und las in ihrem Buch über die Geschichte anderer Völker, die sie weder tangierten noch interessierte sie sich dafür. Nach 30 Minuten war sie erleichtert, als ihre Mutter sie zum Abendessen rief. Für heute war sie geschafft. Mehr wollte sie heute nicht lernen. Den restlichen Abend gab sie sich selbst frei. Beim Essen erzählte Emma, wie viele in ihrer Klasse krank seien und sie selbst habe auch Halsschmerzen. „Ja, bei der Arbeit geht auch gerade eine Erkältungswelle rum," erzählte der Vater. Sabine zog die Brauen hoch und meinte: „Das könnte ich jetzt nicht gebrauchen. Vor Weihnachten kommen noch so viele Arbeiten. Ich will nicht krank werden und das alles nach den Ferien nachschreiben müssen." Dann blickte sie zu ihrer Schwester und sagte scharf: „Bleib ja fern von mir." Emma schnitt eine Grimasse. Die Eltern reagierten gar nicht auf die Kabbelei ihrer Töchter. Es war nichts Neues für sie. Natürlich hatte Sabine kein Interesse daran, die ganzen Arbeiten nach den Ferien schreiben zu müssen. Das würde nämlich bedeuten, dass sie in den Ferien viel lernen müsste. Aber insgeheim hätte sie auch nichts dagegen gehabt, vor den Ferien keine Arbeit schreiben zu müssen.

Als sie nach dem Abendessen wieder ihr Zimmer betrat, lagen ihre beiden Schulbücher noch auf dem Bett. Sie nahm sie auf und warf sie achtlos auf den Schreibtisch. Aus ihrer Schultasche nahm sie ‚Lady Bedfield‘ raus. Damit verkroch sie sich unter die Bettdecke.

Henry Thompson saß nervös auf dem Holzstuhl in einem Büro von Scotland Yard. Man ließ ihn zappeln, wollte ihn damit unter Druck setzen. Mindestens zwanzig Minuten ließ man ihn allein sitzen. Dann erst ging der Kommissar zu ihm und setzte sich ihm gegenüber an den Schreibtisch. Jeder seiner Bewegungen machte er mit Bedacht. Er schaute seinem Gegenüber in die Augen und sprach: „Nun, Mr. Thompson, sie sind also der Gärtner von Lady Bedfield. Ist das korrekt?" Beide wussten natürlich, dass ihm das bekannt war. Es war nur ein Einstieg in eine Unterhaltung. Von einem Verhör waren sie ein Stück weit entfernt. Der Gärtner nickte: „Ja, das bin ich. Was wollen sie von mir?" Mit starker, bestimmter Stimme sagte der Kommissar: „Antworten. Ich will Antworten von ihnen." Dem Gärtner lief eine Schweißperle über die Schläfe. Seine Augen waren unruhig und konnten keinen Punkt fixieren. „Ich weiß doch gar nichts," gab er zurück.

Sabine legte das Buch kurz zur Seite und trank einen großen Schluck aus der Wasserflasche. Sie stand auf und ging zum Fenster. Zunächst schaute sie in die Dunkelheit. Es war alles ruhig und nichts zu sehen. Sie ließ die Jalousien runter und hüpfte dann gleich wieder ins Bett.

„Wovon wissen sie nichts?", wollte der Kommissar wissen. Er wusste, er würde nur über den Gärtner Antworten bekommen. Lady Bedfield war eine kühle Frau. Sie schien zu allem fähig und aus ihr würde er wohl nichts herausbekommen. Der Gärtner antwortete nicht. Also fragte er noch einmal und deutlich energischer: „Ich frage sie noch einmal: War es der Schatten?"

Sabine schreckte hoch. Sie war kurz vor dem Einnicken und hatte ihre Fantasie mit dem Buch vermischt. Es war zwar noch nicht sehr spät, aber dennoch zog sie sich um. Jeans und Shirt flogen auf den Boden. In Unterwäsche ging sie ins Bad. In ihrer linken Hand hatte sie ihren Pyjama dabei. Beim Zähneputzen dachte sie noch einmal über den Tag nach. Über die Schule, den lustigen Nachmittag mit Pia und auch über das Gespräch mit Lou. Dieses Gespräch fand sie ganz verrückt. Nicht den Inhalt oder Lou. Verrückt war, dass sie in der Lage war, so offen mit einem Fremden zu sprechen.

Sie losch das Licht im Bad und ging noch mal ins Wohnzimmer. Ihre Eltern saßen vor dem Fernseher. „Ich bin müde und gehe schlafen," sagte sie ihnen. Die beiden wünschten ihr eine gute Nacht. Als Sabine an Emmas Zimmer vorbeikam, hörte sie sie leise singen. Sie lächelte und ging weiter in ihr Zimmer.

Zum Lesen war sie zu müde und zum Schlafen fand sie es noch etwas zu früh. Nach kurzer Überlegungszeit setzte sie sich an ihren Schreibtisch und begann, die Sachen, die auf ihm herumflogen, zu ordnen. Nach fast zwanzig Minuten wirkte ihr Schreibtisch das erste Mal seit längerer Zeit aufgeräumt. Es lag zwar noch einiges darauf, aber es war geordnet und er schien wirklich aufgeräumt zu sein. Sabine fühlte sogar eine Art von Genugtuung. Es war ein gutes Gefühl. Das kannte sie so gar nicht. Aber sie akzeptierte es und freute sich fast ein wenig darüber.

Nun war sie wirklich müde und legte sich schlafen. Es dauerte auch nicht lang, bis sie tief und fest eingeschlafen war.

Über Nacht waren die Temperaturen nicht so arg gefallen wie in den Tagen zuvor. Der Niederschlag kam nicht als Schnee herunter. Es regnete. Als der Wecker am nächsten Morgen ging, sah es nicht nach einem Wintertag, sondern nach einem ungemütlichen Herbsttag aus. Sabine stand mit etwas mehr Elan als üblich auf. Die Dusche tat ihr Übriges. Schnell hatte sie gefrühstückt, die Schultasche gepackt und sich angezogen. Sie packte sich ‚Lady Bedfield' ein und verließ ihr Zimmer. Im Flur zog sie sich gerade die Schuhe an, als ihre Mutter aufstand und sie nach Emma fragte. „Emma hat doch erst später Schule," gab sie zurück und zog sich die Jacke an. Sie setzte sich ihre Mütze auf und verschwand in den Tag. Draußen ging ein eisiger Wind. Alles war nass, aber wenigstens regnete es nicht mehr. Sabine zog den Reißverschluss ihrer Jacke ganz nach oben. Es war schon sehr ruhig, wie sie empfand. Sie hörte den Wind pfeifen. Irgendwo klapperte etwas. Aber es waren keine menschlichen Geräusche zu hören. Kein Auto, keine Stimmen, keine Rollläden, die hochgezogen wurden. Fast ein wenig unheimlich. Sie hatte gerade das Wort ‚unheimlich' im Kopf, da blieb sie stehen und sah sich um. Vielleicht war es gar kein Zufall, dass von Menschen nichts zu sehen und zu hören war. Da sie ihn nicht sah, versuchte sie den Schatten zu spüren. Sie war sich sicher, er war für diese unheimliche Ruhe verantwortlich. Mit langsamen Schritten machte sie sich auf den Weg. Sie schaute immer wieder nach links und rechts und versuchte wahrzunehmen, was hinter ihr alles passieren würde. Doch da passierte gar nichts. Niemand war hinter ihr; auch nicht der Schatten. Sie sah ihn nicht und spürte ihn auch nicht hinter sich. Da kam ihr ein ganz neuer Gedanke. Er musste über ihr sein. Er versteckte sich auf den Dächern. Auf diese Idee war sie zuvor noch gar nicht gekommen. Sofort blickte sie an den Hauswänden empor. Irgendwo da oben würde er sich verstecken und von irgendwo da oben würde er sie beobachten. Sabine beschleunigte ihren Schritt. Dann plötzlich durchzuckte sie ein furchtbares Gefühl des Erwischt-worden-seins. Sie hörte ihn. Er kam. Sie drehte sich einmal herum, dann sah sie … einen Mann mit einer Arbeitstasche unter dem Arm, mit Mütze frierend durch die Straße eilend. Sabine schnaufte durch. Nach zwei weiteren Minuten erreichte sie die Bushaltestelle. Sie war früh losgelaufen und so war sie die erste. Allein stand sie da und hoffte, weitere würden ihr bald folgen. Ihre Angst war auf einmal wieder so präsent. Das nächste, was sie hörte, waren die Stimmen zweier Kinder. Sie waren die nächsten an der Haltestelle, gefolgt von einem Mann. Sie fühlte sich nun beinahe sicher. Kein Schatten dieser Welt würde sie nun entführen, wenn er doch zuvor die Gelegenheit nicht nutzte, als sie allein gewesen war. Bevor der Bus eintraf, hatten sich vier weitere Personen eingefunden. Sie alle drückten sich in den vollen Bus. Sabine kam nicht allzu weit hinein. Nachdem der Bus losgefahren war, sah sie sich um. Wie jeden Morgen gab es viele bekannte Gesichter. Irgendwann entdeckte sie auch Lou. Sie lächelte, obwohl er sie gar nicht gesehen hatte. Sie versuchte, sich weiter durchzudrängeln. Zwei Haltestellen später hatte sie ihn erreicht und leise angesprochen: „Guten Morgen." Lou schien überrascht: „Hallo Sabine. Na du, alles klar bei dir?" Spontan erwiderte sie: „Abgesehen davon, dass ich auf dem Weg in die Schule bin … ja, schon." Lou begann zu lachen und sie stimmte mit ein, obwohl sie es gar nicht lustig fand. „Was gibt es für dich noch außer der Schule?", fragte er sie. „Du meinst was für Hobbys ich habe?", wollte sie wissen. Er nickte. „Naja,", meinte sie, „ich mache keinen Sport und auch sonst habe ich keine typischen Hobbys. Ich lese gerne und viel, höre Musik und manchmal treffe ich meine Freundinnen." Lou machte ein nachdenkliches Gesicht und sagte: „Du lebst also etwas zurückgezogen. Bist lieber für dich allein." Sabine zuckte leicht zusammen. Sie fühlte sich ein wenig ertappt; dabei hatte sie doch gar nichts davon gesagt. Wie kam er darauf? Ihre Antwort dauerte etwas. Doch sie kam: „Äh, ja. Ich denke schon. Die anderen denken nicht so wie ich. Und lesen nicht die gleichen Bücher. Falls sie überhaupt mal lesen." Lou wollte noch mehr wissen: „Was denkst du denn? Oder was denkst du anders als die anderen?" Sabine überlegte. Über die Antwort musste sie selbst erst nachdenken. Aber sie kam: „Ich denke einfach mehr und über Dinge nach, die andere in meinem Alter gar nicht interessieren oder noch nicht interessieren." Ein zaghaftes Nicken von Lou unterstrich seine verbale Reaktion: „Ich verstehe. Du bist nicht unbedingt introvertiert, aber doch bist du mit deinen Gedanken lieber allein. Ja, das verstehe ich wirklich." Die beiden kannten sich erst ganz frisch. Wobei der Begriff „kannten" schon zu viel war. Dennoch glaubte Sabine seinen Worten. Auf irgendeine Art und Weise vertraute sie Lou.

Die Unterhaltung wurde jäh unterbrochen, als sie die Schule erreicht hatten. Sie verabschiedeten sich bis zum nächsten Mal. Auf dem Weg in die Schule sah Sabine von weitem Pia auf sie wartend. Sie war von sich selbst überrascht. Sie hatte Lou gerade Antworten gegeben, die sie noch nie jemanden gab. Sie verspürte aber nicht das Gefühl, etwas Falsches getan zu haben. Sie fühlte sich wohl. Wohl und entspannt. Mit diesen Gefühlen traf sie auf Pia und die beiden redeten gleich drauf los und verschwanden in die Schule.

Im Unterricht malte Sabine etwas vor sich hin oder schaute aus dem Fenster. Ab und zu gelang es ihr aber auch, dem Unterricht zu folgen und inhaltlich wertvolle Kommentare abzugeben. In der Pause fragte Pia sie sogar: „Wirst du jetzt zum Streber oder willst du schleimen?" Sie fing zu lachen an. Sabine boxte sie zunächst und lachte dann mit und antwortete ihr: „Vielleicht etwas von beidem." Die Tage vergingen. Marie wurde wieder gesund. Sabine traf Lou immer wieder im Bus und ab und zu begegnete Sabine dem Schatten, der sich ihr aber nie mehr als auf dreißig Meter näherte.

Kurz vor Weihnachten saß Sabine mal wieder in ihrem Bett und las:

Ihr war sehr wohl bewusst, dass Henry ein Risikofaktor für sie war. Eine Lösung musste her. Vielleicht eine endgültige Lösung. Entweder er bekam Geld zum Auswandern oder sie musste ihm das Leben nehmen. Sie ärgerte sich über sich selbst. Stets war sie darauf bedacht, alles unter Kontrolle zu haben und alles zu planen. In diesem Fall hatte sie die Rechnung ohne die Nervosität ihres Gärtners gemacht. Zudem wusste sie nicht, was ihr Butler bemerkt hatte. Bislang war er sehr korrekt. Sein Verhalten hatte nichts verraten, ob ihm etwas bekannt war oder ob er gar Details wusste. Sie konnte nicht beide beseitigen. Das wäre zu auffällig geworden. Lady Bedfield saß auf ihrem Chaiselongue und nippte an ihrem Glas. Ihr Blick ruhte auf dem Kamin. Sie wusste ganz genau um die Hartnäckigkeit des Kommissars. Sie rief Henry zu sich. Mit schmutzigen Fingern betrat er über die Terrasse das Haus.

Sabine legte das Buch aus der Hand. Gedanken wollten sie vom Buch ablenken und dem wollte sie zuvorkommen. In Gedanken sprach sie mit sich selbst: „Was sind schon Gefühle? Was ist der große Unterschied zwischen Freude und Trauer?" Ganz plötzlich schossen ihr die verrücktesten Gedanken durch den Kopf: „Ich esse. Ich trinke. Ich atme. Und was noch?"

Ihre Gedanken wurden von ihrer Mutter unterbrochen, die plötzlich im Zimmer stand: „Ach Sabine, schau nur, wie es hier aussieht. Räum' endlich auf und saug' mal wieder durch." Schon war sie wieder draußen. Gedankenverloren begann sie tatsächlich einige Kleidungsstücke aufzusammeln und wegzuräumen. Sie ließ Musik laufen und erhoffte sich dadurch einen Motivationsschub. Was jedoch nur bedingt funktionierte. Ihr kaum vorhandener Elan nahm rasch wieder ab. Schließlich landete sie wieder auf ihrem Bett.

Die letzte Woche vor Weihnachten begann. Nur drei Tage Schule standen Sabine noch bevor. Allerdings hatten die es in sich. Zwei Arbeiten und ein Test musste sie noch überstehen. Zudem machten ihre Eltern Druck, dass zu Weihnachten ihr Zimmer aufgeräumt sein musste und Geschenke musste sie auch noch besorgen. Am Montag stand sie mit gemischten Gefühlen auf. Auf der einen Seite wusste sie, nur drei Tage überstehen zu müssen. Andererseits wurde noch viel Wissen abverlangt. Sie lag wach in ihrem Bett. Der Wecker hatte bislang zweimal geklingelt. Sie nahm sich vor, beim dritten Klingeln aufzustehen. In ihrem Zimmer war es ziemlich dunkel. Sie zupfte an ihrer Decke und zog sie bis zu ihrer Nasenspitze hoch. Sie spürte an ihrem Gesicht, dass es außerhalb ihres Bettes kalt war. So genoss sie intensiv die Wärme unter ihrer Decke. Der Wecker klingelte zum dritten Mal. Sabine musste aufstehen, wenn sie nicht hetzen wollte. Für einen kurzen Moment wollte sie aber noch liegen bleiben. Die wohlige Wärme war zu reizvoll. Als der Wecker jedoch das vierte Mal klingelte, sprang sie auf. Sie spulte ihre Morgenroutine etwas schneller als an den meisten Tagen ab. Innerhalb von 30 Minuten stand sie fertig im Flur. Sie zog sich Schuhe und Jacke an. Draußen war es kalt, aber immerhin trocken. Der Himmel war bewölkt, so dass kein Licht von oben kam. Es war wirklich dunkel und nur die Laternen erhellten den Boden.

Angst durchzuckte Sabine. Hatte sie bisher den Schatten nur gesehen, vernahm sie nun einen unangenehmen Ton von ihm. Wie ein sehr heller Schrei. Er war nicht wiederzugeben. Verängstigt hob Sabine ihre Hände schützend vor das Gesicht und krümmte sich leicht nach vorne. „Was war das?", schoss es ihr durch den Kopf. Ihre Frage war nicht ernst gemeint. Sie wusste genau, was das war oder besser wer das war. Sie drückte sich an eine Hauswand. Ihre Hoffnung war es, er würde sie nicht attackieren, wenn andere dabei wären. Ihr Herz raste. Sie spürte das Pochen an ihren Schläfen und an ihrem Hals. Sie senkte ihre Hände wieder und ließ ihren Blick schweifen. Sie musste nur warten bis Passanten kämen. Es kam aber keiner. Stattdessen kam er. Sie sah ihn. Auf der anderen Straßenseite. An einer Litfaßsäule hing er und schaute zu ihr rüber. Bislang war er einfach nur ein schwarzer Schatten. Doch nun sah sie seine Augen. Leuchtend rot schauten sie Sabine an. Eiskalt lief es ihr den Rücken runter. Die blanke Angst stand ihr ins Gesicht geschrieben. Sie musste mit ansehen, wie er sich von der Säule löste und sich ihr näherte. Er kam über die Straße. Stück für Stück näherte er sich. Sabine wusste, irgendwann würde es soweit sein. Es gab Momente, da war sie mutig und hätte sich ihm einfach in den Weg gestellt und es gab Momente, da wurde ihr bewusst, wie klein und unbedeutend sie war. Sie konnte nichts gegen ihn ausrichten. Er würde alles mit ihr machen können. Dann passierte etwas Unglaubliches. Sabine sah es mit ihren Augen. Direkt vor ihr. Und doch schien es so unecht. Der Schatten richtete sich auf und je mehr er emporstieg, umso mehr verwandelte er sich in eine Männergestalt. Ob auch das nur eine Tarnung war, so wieder der Schatten eine gewesen ist, wusste Sabine nicht und darüber machte sie sich auch überhaupt keine Gedanken. Statt des Schattens stand nur drei Meter vor ihr dieser Fremde vor ihr. Von dem Schatten war nicht viel über; nur die feuerroten Augen. Sie starrten Sabine an. Machten ihr Angst. Das Mädchen schaute nach links und rechts. Es kam niemand. Sie waren allein. Sie war überrascht, als er zu sprechen begann. „Sabine. Sabine, warum diese Angst? Ja, ich kann sie spüren. Deine Angst. Das ist gut so. Du solltest auch Angst haben. Aber auch vor mir? Hm, ja, vielleicht schon." Tränen flossen über Sabines Wangen. Mit leiser Stimme, schluchzend, fragte sie ihn: „Was wollen sie von mir? Ich habe doch nichts getan. Bitte. Lassen sie mich gehen." Ein fieses, tiefes Lachen war seine Reaktion. „Ach Kind. Ich dich gehen lassen," sagte er lachend. Plötzlich wurde seine Stimme sehr ernst und hart: „Nein. Niemals. Weder

68

lasse ich dich gehen, noch lasse ich dich in Ruhe. Du hattest Möglichkeiten. Du hast sie nicht genutzt." Sabine hatte bei den letzten Sätzen zu Boden gesehen. Jetzt hob sie ihren Kopf und schaute zu ihm und sagte leise: „Sie verwechseln mich. Ich weiß überhaupt nicht, wovon sie sprechen." Ein verachtendes und hämisches Lachen folgte. Sowie die Worte: „Nein, natürlich nicht. Du bist unschuldig. Du tust nichts für andere und noch nicht mal für dich selbst. Aber du bist unschuldig. Sabine, mach dich nicht lächerlich." er machte einen Schritt auf sie zu. Sie wollte zurückweichen, aber sie stand bereits an der Wand. Ihre weichen Knie knickten ein, und sie hockte sich auf den Boden. Sie konnte ihn nicht mehr ansehen. Die bösen Augen und seine harten Konturen waren so feindselig. Für einen Moment herrschte Stille. Trotz der Kälte war es ihr warm. Ihre Wangen glühten. Ihr Weinen, das schnell schlagende Herz, ihre Angst, all das ließ sie ins Schwitzen kommen. Wieder richtete er sein Wort an sie: „Nun komm' Sabine. Es ist soweit. Du wirst mich begleiten. Hier gehörst du nicht mehr hin."

Sabine wollte gerade schreien, da klingelte ihr Wecker schon wieder. Schweißgebadet schreckte sie hoch. Sie blickte um sich, sah auf die Uhr und stellte fest, dass sie verschlafen hatte und ließ sich ermattet zurückfallen. Sie atmete mehrere tiefe Atemzüge. Sie musste sich beruhigen. Dann erst sprang sie auf. Im Flur begegnete sie ihrer Mutter, die völlig überrascht war: „Sabine? Du bist noch hier? Hast Du später Unterricht?" Ihre Tochter rannte regelrecht an ihr vorbei: „Nein. Ich habe

verpennt. So ein Mist." Ohne Frühstück eilte sie durch
die Räume und war nur wenig Momente später auf der
Straße. Sie schaute auf ihre Armbanduhr. Ihr Bus war
bereits vor zehn Minuten gefahren. Marie wird sich ge-
wundert haben und dürfte sich fragen, was passiert
sein möge. Vielleicht hatte sie ihr auch schon eine Nachricht geschickt. Aber Sabine war viel zu sehr in Eile, als
dass sie nun ihr Handy raussuchen wollte. Auf der
Straße traf sie einige Passanten. Vom Schatten fehlte
jede Spur, wobei Sabine in ihrer Hast gar nicht an ihn
dachte. Sie rannte zur Haltestelle. Sie wusste, dass sie
im Grunde sinnlos rannte. Der Bus, mit dem sie eigentlich fuhr, war längst weg und der nächste würde in
etwa fünf Minuten kommen. Sie konnte also gemächlich gehen und würde ihn dennoch bekommen. Sie war
zum einen sauer und zum anderen fürchtete sie die Situation, verspätet in die Klasse zu kommen und eine
Standpauke vom Lehrer zu erhalten. Sie hatte nicht einmal eine vernünftige Ausrede. Einfach zu erzählen,
dass sie verschlafen habe, war ihr zu unangenehm. Eigentlich schon peinlich. An der Bushaltestelle angekommen, standen zwei Schüler dort. Sabine vermutete,
sie hätten wohl auch verschlafen. An einen späteren
Unterrichtsbeginn glaubte sie nicht, da sie ansonsten
noch später gefahren wären. Kurze Zeit später kam der
Bus. Der einzige Vorteil des Verschlafens, war die Leere
des Busses. Sabine konnte sich einen unter vielen freien
Sitzplätzen aussuchen. Ihre innere Unruhe ließ es nicht
zu, ein paar Vokabeln zu lernen oder gar im Buch zu
lesen. Ihre Hände rieben aneinander oder rieben über

70

die Lehne des Vordersitzes. Jede rote Ampel steigerte ihre Unruhe. Die Fahrt kam ihr sehr lang vor. Bevor sie ihre Haltestelle anfuhren, stand sie bereits an der Türe und wippte von einem Fuß auf den anderen. Der Bus hielt, die Türe öffnete sich und Sabine sprang hinaus. Sie lief zur Schule. Auf dem Schulhof war keine Menschenseele und vor allem war es sehr ruhig. Der Unterricht lief inzwischen seit zwanzig Minuten. An der Schultüre angekommen, blieb sie kurz stehen und atmete tief durch. Vorsichtig öffnete sie die große Türe und schlich hinein. Sie wollte auf keinen Fall dem Hausmeister oder gar dem Schulleiter begegnen. Es würde reichen, wenn sie gleich vom Lehrer eine Standpauke erhalten würde. Sie schlich durch das Schulgebäude und erreichte schließlich ihre Klassenzimmer. Verdutzt blieb sie stehen. Hinter der verschlossenen Türe ging es sehr laut zu. Sabine öffnete nun mutig die Türe und war erstaunt, als sie ihre Klasse quatschend und herumrennend vorfand. Sie ging zu ihrem Platz, sah sich um und fragte: „Wo ist …?" Marie platzte ihr ins Wort: „Krank. Wir haben eine Freistunde. Du scheinst es ja schon gewusst zu haben," lachte sie ihre Freundin an. Sabine fiel ein Stein vom Herzen. Das Leben meinte es gut mit ihr. So empfand sie diesen Augenblick. Sie schien es verdient zu haben, trotz einer kleinen Übeltat, verschont zu bleiben. Um so herzhafter konnte sie nun auch mit Marie lachen. Pia kam auch noch aus der letzten Reihe zu den beiden. Später am Vormittag saß Sabine schon wieder etwas gelangweilter auf ihrem Stuhl. Ihrer Meinung nach konnte Frau

Heydrich auch keinen spannenden Unterricht gestalten. Ihre Hände waren rastlos. Alles, was sie auf ihrem Tisch liegend fand, wanderte durch ihre Finger. Über jeden Witz, der in der Klasse gemacht wurde, kicherte sie, obwohl sie das meiste Geflüsterte gar nicht so lustig fand. Ihr Blick wanderte in der Klasse umher als Hannes plötzlich schrie: „Es schneit." Alle Augen gingen nach draußen. Sabine wunderte sich über das Phänomen der Bewunderung für Schnee. Jedes Jahr schneit es. Mal mehr – mal weniger. Aber wenn es schneit und einer schreit es heraus, müssen alle sofort hinausschauen. Zudem kommen kurze Kommentare wie „Ohh", „schön" oder „wie toll". Natürlich schaute auch Sabine länger raus. Ihr war jede Abwechslung recht. Nach den Gedanken über die Bewunderung von Schnee, wechselte sich das Thema in ihrem Kopf von ganz allein. Es kamen Gedanken über Weihnachten und über seinen Sinn oder gar Unsinn. Sie sprach gedanklich auch wieder mit sich selbst:

„Weihnachten ist doch gar nicht mehr religiös. Es geht doch nur um Geschenke. Weder der Baum, noch die Lieder oder der Adventskranz haben etwas mit der religiösen Geschichte zu tun. Es ist doch das Fest der Liebe. Man kann doch, wenn man nicht an Gott glaubt, das Fest einfach als das Zusammenkommen seiner Liebsten ansehen. Also als reines Familienfest. Durch die Geschenke zeigt man die Wertschätzung. Alles andere ist reiner Konsum."

Sabine hing noch weiter ihren Gedanken nach, während es draußen schneite und Frau Heydrich versuchte, der unruhigen Klasse ihr Wissen zu vermitteln. Sie konnte einem schon leidtun. Nur wenige folgten ihren Ausführungen. Der Geräuschpegel war hoch und darauf schob es Sabine, warum sie sich nicht mehr auf den Unterricht konzentrieren konnte. Es war eine Ausrede, die an sie selbst adressiert war. Inzwischen schneite es deutlich stärker. Die Schneeflocken wurden größer und der weiß-graue Himmel versprach mehr. Immer wieder ging ein Raunen durch die Klasse. Die meisten freuten sich, gleich nach draußen zu rennen. Alle warteten auf die Glocke. Selbst Frau Heydrich wollte endlich in die Pause. Sabine versuchte, einzelnen Flocken mit ihrem Blick einzufangen und zu verfolgen. Endlich klingelte es zur großen Pause. Die letzten zwei Stunden würde sie auch noch schaffen. In der Pause erfuhr sie von Marie, dass diese nach der Schule in die Stadt fuhr, um sich mit ihrer Mutter zu treffen. Also würde Sabine allein fahren müssen.

Die letzten Stunden waren überstanden und die Schüler stürmten aus der Schule. Einige gingen nach Hause, andere wurden abgeholt und wieder andere fuhren mit dem Bus. Mit dem Fahrrad waren nur noch sehr wenige unterwegs. Gerade heute sollte man das Fahrrad stehen lassen. Der Schnee fiel nun seit drei Stunden in großen Mengen und es war gefährlich mit dem Zweirad.

Im Bus war es voll. Sabine versuchte sich in den hinteren Teil des Busses durchzudrängeln. Ihr war schon vorher bewusst gewesen, lediglich einen Stehplatz zu bekommen. Aber da wurde sie eines Besseren belehrt. Sie hielt sich fest, als sie von der Seite angesprochen wurde: „Hallo Sabine." Sie drehte sich um und schaute auf Lou. Keiner hatte sich zum ihm gesetzt. So war seine Bank die einzige mit einem freien Platz. „Setz' dich doch," ermunterte er sie. Sie lächelte: „Hallo Lou. Vielen Dank." Nachdem sie Platz genommen hatte, unterhielten sie sich über belanglose Dinge wie das Wetter oder die Schule. Sabine erzählte gerade etwas über den Unterricht, als sie aus dem Fenster sah und einen Verfolger erkennen konnte. Sie war sich zwar nicht ganz sicher, aber sie meinte, den Schatten gesehen zu haben. Sie stockte in ihrer Erzählung und starrte nach draußen. „He, was ist los?", fragte Lou etwas besorgt. „Du siehst aus, als hättest du eben einen Geist gesehen", sprach er weiter. Sabine stotterte: „Äh … was? Ein Geist? … Äh nein. Nein. Nein. Schon gut." Lou sah sie erstaunt und nach wie vor besorgt an. Er beobachtete ihr Gesicht; ihre Mimik. Ihre Augen hingen am Fenster. Sie gingen hin und her, als würden sie etwas suchen. Doch der Bus fuhr und somit machte es aus Lou's Sicht keinen Sinn, da sie auf jeden Fall an allem vorbei waren, was Sabine hätte sehen können. Vorsichtig sprach er sie an: „Sabine? Hey. Was ist los?" Inzwischen glaubte Sabine, sich getäuscht zu haben. Sie erblickte ihn kein zweites Mal. Sie beruhigte sich wieder und konzentrierte sich auf Lou und antwortete: „Ach nichts. Ich habe mich vertan. Alles gut." Ein gequältes Lächeln huschte über ihr Gesicht. Lou bemerkte natürlich, dass etwas nicht in Ordnung war. „Sabine, schau mich mal an. Weißt du was? Ob du es glaubst oder nicht, aber man kann mir vertrauen. Ehrlich. Wir kennen uns zwar noch nicht lange, aber alles, was du mir erzählst, nehme ich ernst und behalte es für mich." Sie sah ihn an und Tränen kullerten über ihre Wangen. Das war zu viel für sie. Er wollte ihr wirklich helfen, ihr zuhören, zur Seite stehen, doch dann wurde er doch von ihr überrascht, als sie sich zur Seite neigte und ihren Kopf auf seine Schulter legte. Es war ihr sehr peinlich. Nie hätte sie gewollt, dass sie jemand in einer solchen Verfassung wahrnimmt. Schon gar nicht in der Öffentlichkeit und schon gar keine fremden Menschen. Der Bus war so voll und die Leute sehr mit sich selbst beschäftigt, so dass Lou der einzige war, der von Sabines Tränen wusste. „Nun erzähl' mal. Was ist los? Wen oder was hast du eben gesehen?", forderte Lou sie sanft zum Sprechen auf. Sabine wusste, sie würde ihm gleich etwas erzählen. Schweren Herzens, aber sie würde es tun. Er hatte seine Hand schützend auf ihre Schulter gelegt. Es fühlte sich gut für sie an. Sie hob ihren Kopf wieder und wischte sich die Tränen weg. Sie konnte ihm nicht in die Augen sehen. Es war ihr zu unangenehm darüber zu sprechen. In Kurzform begann sie zu erzählen. Sie sprach von einem Verfolger, der immer wieder auftauchte. Er würde sie entweder zu Hause oder auf dem Schulweg abfangen. Sie träume sogar schon von ihm. Als Lou eine Beschreibung haben wollte, stockte sie und begann sogar leicht zu stottern. Doch dann antwortete sie ihm wahrheitsgemäß. „Ein Schatten!", wiederholte Lou ihre Worte. Kurz schaute sie ihn an. Sie wollte seine Reaktion sehen. Sie wollte sehen, ob er sich lustig machte. Sie war beruhigt, als sie sah, dass sein Gesicht ernst war. Er machte sich keineswegs über sie oder ihre Geschichte lustig. „Was sagen deine Eltern dazu?", wollte er wissen. Sie erwiderte ihm, er sei der einzige, der davon wüsste. Er war erschrocken und gab ihr den Rat, schnellstens ihre Eltern zu informieren. Obwohl sie es besser wusste, nickte sie leicht. Mit ihren Eltern konnte sie darüber nicht reden. Eigentlich wollte sie mit keinem darüber reden, aber die Situation hier im Bus gab ihr fast keine andere Wahl. Sabine schaute hinaus und sah ihre Haltestelle auf sich zukommen. „Ich muss gehen," flüsterte sie. Langsam stand sie auf. Der Bus war nicht mehr so voll und der Durchgang bis zur Tür war frei. Lou hielt sie kurz am Arm fest und sagte: „Sabine, sprich mit deinen Eltern. Hier hast du meine Karte. Du kannst auch mich jederzeit anrufen, wenn du reden magst oder du glaubst, ich könnte dir irgendwie helfen. Ok?" Sie lächelte und nickte ihm zu. Dann war sie weg. Als sie ausgestiegen war, schaute Lou ihr unsicher hinterher. Er ahnte schon, dass sie ihre Eltern nicht informieren würde. Doch unter Druck setzen wollte er sie auch wieder nicht.

Mit gemischten Gefühlen lief Sabine nach Hause. Nicht der Schatten selbst beschäftigte sie, sondern die Tatsache, darüber gesprochen zu haben. Sie konnte noch nicht so wirklich damit umgehen. Sie fühlte sich ertappt. Es war ein kleiner seelischer Striptease für sie gewesen. Sie stapfte durch den Schnee. Es schneite noch immer. Etwas erschöpft kam sie zu Hause an. Die Gedanken rasten wieder. Regelmäßig verstellte sie sich zu Hause. Heute war es jedoch besonders schwer.

Dennoch kam ihre Mutter nicht auf die Idee, ihrem Kind könnte etwas fehlen.

Nach dem Mittagessen zog sich Sabine wie immer zurück in ihr Zimmer. Sie brauchte nun eine klare Ablenkung. Das wollte sie mit Lady Bedfield erreichen.

Die Sonne war längst untergegangen. Das Personal hatte sich zurückgezogen. Lady Bedfield bemühte sich selten in den Keller. Schließlich hatte sie dafür das Personal. An diesem Abend schritt sie die Stufen hinab. In einem der hinteren Räume hatte sie eine besondere Art von Safe. Es war ein kleiner Raum, der versteckt hinter einem großen Schrank lag. Außer ihr kannte keiner diesen Raum. Ihr Mann hatte ihn persönlich vor drei Jahrzehnten angelegt. Es war sein Safe, in dem er Kunstwerke, Gold, Geld und wichtige Schriftstücke aufbewahrte. Im Haus gab es einen klassischen Safe, in dem etwas Geld und wertloser Schmuck aufbewahrt wurde. Dieser diente ausschließlich zu Zwecken der Irreführung.

Lady Bedfield betätigte einen versteckten Hebel und der Schrank bewegte sich auf die Seite. Dahinter lag eine verborgene Türe. Sie öffnete sie und ging hinein.

Das Buch sank auf Sabines Oberkörper. Ihre Augen fielen zu. Sie war eingenickt. Mitten im Lesen ist ihr das noch nicht sehr oft passiert. Das zeigte aber auch, dass sie erschöpft war.

Kapitel 3

Weihnachtsvorbereitungen

Noch zwei Tage bis Weihnachten. Sabine hatte noch ein straffes Programm zu absolvieren. Ihre Familie erwartete in den nächsten Tagen Besuch und genauso würden sie Verwandte besuchen. Für den Besuch sollte aufgeräumt und geputzt sein. Auch das Zimmer von Sabine. Unter diesem Druck knickte sie ein und gegen ihre Gewohnheiten begann sie bereits morgens um neun Uhr mit den Aufräumarbeiten. Sie hatte eine große Mülltüte ins Zimmer geholt und diese musste viel aufnehmen. Begonnen hatte sie mit ihrem Schreibtisch. Nach einer halben Stunde war er aufgeräumt und so gut wie leer. Es folgten die Regale darüber. Sie brauchte lange dafür, da sie teilweise nicht wusste, wohin mit den Dingen. Nach einiger Zeit des Trödelns unterbrach sie die Arbeit bei den Regalen und wandte sich ihren Klamotten zu, die sich im ganzen Raum verteilten. Das meiste brachte sie ins Bad zur Schmutzwäsche. In den Schrank kam nur ein Kleidungsstück. Den Rest legte sie ordentlich zusammen und stapelte es auf ihrem Sofa. Es war zu sauber, um gewaschen zu werden und zu schmutzig, um es in den Schrank zu räumen. Als nächstes war der Boden dran. Vor allem am Rand lagen viele Dinge wie Bücher, Papierschnipsel, Klebstift, Stifte und vieles mehr. Für den Boden brauchte sie am längsten, da es nicht leicht war, den vielen

Kleinigkeiten Örtlichkeiten zuzuordnen. Es gelang ihr aber irgendwann dann doch. Es folgte die Fensterbank. Das Aufräumen hatte Stunden gebraucht. Sabine hatte Musik als Motivator laufen. Nun fing sie mit dem Staubwischen an. Mit einem feuchten Tuch wischte sie alles ab und mit einem Trockentuch fuhr sie alles nach. Der nächste Schritt war für sie nicht gerade einfach. Der Schritt zum Kleiderschrank. Sie musste sich eingestehen, Ordnung sah definitiv anders aus. Alles musste raus. Es musste zusammengelegt werden, da Sabine ihre Kleidungsstücke meistens einfach nur reinschmiss. Die Kleidungsstücke erhielten auf dem Bett vorübergehendes Asyl. Als sie den Schrank leer hatte, putzte sie ihn aus. Während er trocknete, gewährte sie sich eine Pause. Diese verbrachte sie im Wohnzimmer. Hier wirbelte ihre Mutter herum. Ihr Vater war unterwegs und suchte einen passenden Weihnachtsbaum. Emma hatte ihn begleitet. Sabine trank etwas und sah aus dem Fenster. Der Schnee war leider nicht liegengeblieben. Draußen sah es grau, dunkel und regnerisch aus.

Nach einer halben Stunde war die Pause beendet. Das Mittagessen fiel heute aus und jeder aß etwas, wenn er Hunger bekam. Abends gab es dafür etwas Warmes. Sabine legte ihre Shirts und Pullover ordentlich zusammen und ordnete sie im Schrank neu an. Alles andere folgte. Bald war auch das geschafft. Nun zog sie ihr Bett ab. Holte frische Bettwäsche und bald war ihr Bett wieder einladend. Zuletzt saugte sie ihr Zimmer.

Als ihr Vater nachmittags mit Baum und vielen Einkäufen wiederkam, schaute er kurz zu Sabine ins Zimmer.

Erstaunt sah er sich um: „Wow. Was ist hier passiert? Waren Aliens hier?" Sabine sah ihn leicht verärgert an: „Ha ha … sehr witzig. Danke auch." Als er ging, rief er ihr noch zu: „Sieht toll aus. Gut gemacht." Kurz darauf platzte Emma ins Zimmer. Sie wollte ebenfalls sehen, was sich während ihrer Abwesenheit getan hatte. Wie ihr Vater staunte auch sie: „Das sieht ja schön aus." Ihre ältere Schwester freute sich über Emmas Aussage mehr als über die des Vaters.

Ihr Handy vibrierte. Eine Nachricht von Marie: „Heey, Ferien … juhuuu … was machst du?"

Sabine tippte: „Hi, ich putze mein Zimmer. Und du?" Sabine setzte sich auf ihren Schreibtischstuhl und las die Antwort: „Fange jetz an den baum zu schmücken. Mit meiner sis." Verwundert schrieb Sabine: „Das machen wir erst an heiligabend. Vorher steht der baum drausen. Geh gleich noch mit meiner mum einkaufen." Sie legte das Handy wieder weg. Zehn Minuten später saß sie auf dem Beifahrersitz des Autos. Die beiden wollten in der Stadt Weihnachtsgeschenke besorgen. Die Lebensmittel hatten ihr Vater und Emma eingekauft gehabt und so konnten sich die beiden auf die Geschenke konzentrieren. Sie wollten etwas für die Großeltern und andere Verwandte wie Tante und Onkel suchen. Sabine hätte es einfacher gefunden, etwas über das Internet zu bestellen. Ihre Mutter mochte das aber gar nicht. Für sie war das kein Einkaufen. Bei einigen Plusgraden fuhren sie bei leichtem Nieselregen in eine Tiefgarage. Ihr erster Weg führte sie in ein Geschäft, in dem Sabines Mutter nach einer Vase schauen wollte. Sie war ihr vor einigen Monaten aufgefallen. Ihre besondere Form und die bunten Farben gefielen ihr und schon damals dachte sie, es könnte ein ideales Geschenk für ihre Schwiegermutter sein. Nun hatte sie Sabine mit dabei, um eine zweite Meinung zu haben. „Was meinst du, könnte die Oma gefallen?", wollte sie von ihrer Tochter wissen. Sabine hob die Vase hoch und war überrascht: „Boah, ist die schwer. Das Glas ist richtig dick. Ich finde sie cool. Die Form und die Farben … ja, die gefällt Oma ganz bestimmt." Ihre Mutter nickte zufrieden und antwortete: „Sehr schön. Wenn wir in diesem Tempo weiter vorankommen, sind wir schnell fertig." Es war eigentlich wie in fast jedem Jahr und wie in vielen anderen Familien. Theoretisch hätte man viele Geschenke, oder gar alle, längst haben können. Die Einkäufe werden jedoch immer weiter nach hinten geschoben und wenn der Druck zu groß wird, ganz kurz vor Weihnachten, dann muss man eben losziehen.

Die Straßen und die Geschäfte waren überfüllt. Sabine und ihre Mutter waren wirklich nicht die einzigen, die auf der Suche nach passenden Präsenten waren. Für Oma war nun die Vase und der Opa erhielt einen bunten Schal und die passenden Handschuhe in der gleichen Farbe. Sabine war sich gar nicht sicher, ob er das jemals tragen würde. Ihre beiden Cousins waren deutlich jünger als sie und da war es schnell und einfach, etwas im Spielwarenladen zu finden. Die Tante sollte zwei Bücher bekommen und der Onkel einen Kugelschreiber mit eingraviertem Namen. Als die beiden diese Geschenke zusammen hatten, steuerten sie ein

Café an. Sabine trank eine heiße Schokolade und aß ein Stück Kuchen. Die Mutter begnügte sich mit einer Tasse Kaffee.

Die Geschenke, die innerhalb der Familie an Heiligabend vergeben wurden, waren bereits zu Hause. Sabine war etwas erleichtert. Ein wenig hatte ihr vor diesen Einkäufen gegraut. Nun war alles schnell und reibungslos abgelaufen. Zudem war ihr Zimmer aufgeräumt und geputzt. Zwei große Steine waren aus dem Weg geräumt und allmählich konnte sie anfangen, sich auf die Ferien zu freuen. Als der Kuchen aufgegessen war, wollten sie sich beeilen. Ihre Mutter musste noch kochen und zu spät wollte die Familie auch nicht essen. Bestimmt waren ihr Vater und Emma schon hungrig.

Zu Hause wurden die Tüten verstaut. Sabine wollte gerade in ihr Zimmer verschwinden, als ihre Mutter sie bat, ihr in der Küche beim Kochen zu helfen. Auch Emma wurde hinzugerufen. Wobei sie nur kleinere Aufgaben übernehmen musste. Sie deckte den Tisch, stellte Getränke bereit und half beim Groben. Sabine hingegen war für das Schneiden des Gemüses zuständig, während sich ihre Mutter um das Fleisch und die Kartoffeln kümmerte. Sabine fehlte es an der Routine und so brauchte sie auch etwas mehr an Zeit. Als die Kartoffeln im Wasser köchelten, das Fleisch gewürzt noch ungebraten neben der Pfanne auf einem Teller lag, war sie endlich fertig. Mehr konnte sie ihrer Mutter nicht zur Hand gehen. Damit war ihre Arbeit an diesem Tag erledigt. Sie zog sich zurück. Sie wollte wissen, was Lady Bedfield als Nächstes vorhatte. Vor allem wollte sie aber wissen, ob es ihr gelingen würde, mit einem Mord davon zu kommen. Wobei sich die Frage noch immer stellte, ob sie es wirklich gewesen war. Vielleicht war es ein Unfall. Und wenn nicht, war es dann Mord oder nur Totschlag?

Mit dem Buch in der Hand legte sie sich auf das frisch bezogene Bett. Es roch gut. Sie betrachtete sich ihr Zimmer mit gemischten Gefühlen. Es tat gut, es so ordentlich zu sehen. Und zeitgleich fühlte sie, dass die Gemütlichkeit ein wenig abhandengekommen war.

„Nein. Bestimmt nicht. Vergessen sie es," Lady Bedfield legte empört den Hörer auf. Ein Zeitungsreporter wollte ein Interview mit ihr. Er hatte eine ganz eigene Mordtheorie entwickelt und wollte dazu einige Fragen stellen. Ihr Butler kam herein und fragte äußerst vornehm: „Ist alles in Ordnung Mylady?" Sie drehte ihren Kopf kurz in seine Richtung, würdigte ihn aber keines Blickes. Knapp antwortete sie: „Gewiss doch. Bringen sie mir einen Tee." Der Butler ging mit einem „Sehr wohl!" hinaus. Lady Bedfield ging die Post durch. Früher war ihr Mann für die Korrespondenz zuständig. Er wollte stets wissen, wer sie anschrieb und welche Belange von Bedeutung waren. Sie las eine Einladung zu einer Wohltätigkeitsveranstaltung. Das Schreiben langweilte sie und landete im Papierkorb. Ein Brief ihres Schwagers öffnete sie nur ungern. Er enthielt Vorwürfe von ihm. Das Leben seines Bruders wäre durch sie unschön verlaufen. Sie überlegte, ob der Brief in den Papierkorb sollte oder ob sie ein Antwortschreiben verfassen sollte. Vor ihrem Fenster lief der Gärtner

vorbei. Lady Bedfield ging mit dem Brief in der Hand zur Terrassentüre. Der Butler trat ein und brachte den Tee.

„Abendessen," rief Sabines Mutter. Trotz des Kuchens vor zwei Stunden hatte sie ein Hungergefühl. Zeitgleich mit ihrer Schwester kam sie zu Tisch. Die weihnachtliche Stimmung machte Sabine gesellig. Beim Essen wurde erzählt und gelacht. Der nächste Tag wurde besprochen. Der letzte Tag vor Weihnachten sollte alle Vorbereitungen beenden. Weihnachten selbst wurde nicht geplant. Es gab nichts zu planen, da es jedes Jahr gleich ablief. An Heiligabend war die Familie allein. Am ersten Feiertag ging es zu den einen Großeltern und am zweiten Feiertag zu den anderen Großeltern bei denen auch Tante, Onkel und Cousins sein würden.

Den Abend verbrachte die Familie gemeinsam vor dem Fernseher. Nach nur 30 Minuten schlief Emma ein. Sabine hielt es nur 20 Minuten länger aus. Der Tag war anstrengend und die Müdigkeit groß. Die beiden wurden gegen 22 Uhr geweckt und ins Bett geschickt. Emma torkelte ins Bad und dann weiter in ihr Zimmer. Sabine wurde wieder etwas wacher. Dennoch ging auch sie in ihr Zimmer. Sie stellte fest, dass die Jalousien noch nicht unten waren. Schnell waren die dunklen Gedanken wieder da. Die Frage, ob der Schatten da draußen war. Verunsichert stand sie am Fenster und blickte hinaus. Gleichzeitig ließ sie die Jalousien runter. Sie war sehr froh, ihn nicht gesehen zu haben. Sie zog sich ihren Pyjama an und ging sich ihre Zähne putzen.

Im Bett hatte sie schon Lady Bedfield in der Hand. Sie zögerte jedoch, da ihre Müdigkeit wieder zunahm. Sie entschloss sich das Buch wieder wegzulegen und das Licht zu löschen. Sie murmelte sich in ihre Decke ein und ließ ihre Gedanken in Richtung Weihnachten und Urlaub ziehen. Direkt nach den Feiertagen würde sie mit ihrer Familie in die Berge fahren. Sie liebte den Schnee und das Skifahren. Unter blauem Himmel und bei kalten Temperaturen den Berg hinunterrasen gefiel Sabine sehr. Sie würde sich zwar ein Zimmer mit Emma teilen müssen, aber das nahm sie in Kauf. Die meiste Zeit würde sie sowieso draußen sein. Mit den Gedanken an die Berge und dem Skifahren schlief sie schließlich ein.

Der letzte Tag vor Weihnachten verging rasch.
Sabine wurde von ihrer Mutter gegen Abend dann noch mal losgeschickt. Ihr war aufgefallen, ohne Mehl nicht backen zu können und für das Weihnachtsessen benötigte sie noch eine Soße. In Sabine sträubte sich alles. Sie wollte nicht raus. Zumindest nicht allein. Sie wollte nicht mitteilen, nicht einkaufen gehen zu wollen. Zuerst überlegte sie; brauchte eine sinnvolle Lösung. Draußen war es schon dunkel. Das gefiel ihr gar nicht. Allein auf nasser Straße in der Dunkelheit. Beobachtet von einem Schatten, der wahrscheinlich nur darauf wartete, Sabine allein im Dunkeln zu erwischen. Ihre Mutter konnte sie kaum als Begleitung erfragen. Auf dem Weg in ihr Zimmer machte sie einen Stopp bei ihrer Schwester. Als sie eintrat, saß diese bastelnd auf

dem Boden. „Emma, ich gehe noch ein wenig einkaufen und bummeln. Hast du Lust mitzukommen?" In ihren Gedanken spielte sie die Ausreden ihrer Schwester durch und hoffte, auf alles eine passende Antwort zu haben. Doch Emma überraschte sie: „Au ja. Ich ziehe mich schnell an." Mit erstauntem Gesicht verließ Sabine das Zimmer. „Das ging ja einfach", dachte sie bei sich. In der Küche ließ sie sich noch einmal genau mitteilen, was sie zu holen hätte. Ganz nebenbei erwähnte sie, dass Emma mitgehen wolle und sie nichts dagegen hätte. Ihre Mutter war erstaunt über die freundliche Art ihrer älteren Tochter. Sie hätte von sich aus nicht beide zusammen losgeschickt und Sabine verschwieg, dass sie Emma als Schutz gerne dabei haben wollte. Die beiden zogen sich Schuhe und Jacke an und während Emma als erstes draußen war, zog Sabine die Türe zu. In der Kälte stehend, schaute sich Sabine erst einmal in alle Richtungen um. Emma war schon vorgegangen. Irgendwann blieb sie stehen und drehte sich um. Sie rief: „Komm." Sabine nickte nur leicht und folgte ihrer Schwester. Sie hatten einen kurzen Fußmarsch von etwa zehn Minuten vor sich. Dort gab es einen Supermarkt, eine Apotheke, einen Bäcker und einen Bankautomaten. Inzwischen war sich Sabine sicher, auch allein gehen zu können. Die Straßen waren voll. Wie eigentlich zu erwarten, gab es noch viele Menschen, die einen Tag vor Heiligabend loszogen. Sabine fühlte nun aber nichts Negatives, weil sie ihre kleinere Schwester mitgenommen hatte. Im Gegenteil. Sie fand es doch ganz nett, nicht allein durch die Menschenmenge zu müssen.

Vor allem dachte sie schon an die Supermarktkasse. Und sie sollte damit Recht behalten. Als die beiden in den Supermarkt eintraten, traf sie fast der Schlag. Menschen über Menschen. Sabine meinte zu ihrer Schwester: „Als gäbe es kein Morgen mehr." Nicht einmal einen freien Einkaufswagen gab es mehr. Glücklicherweise brauchten die beiden keinen. Das Wenige konnten sie in die Hände nehmen. Als sie durch die Schiebetüre in den Eingangsbereich kamen, sahen sie schnell den Ausverkauf beim Obst und Gemüse. Kaum noch etwas gab es zu kaufen. Die beiden versuchten rasch durch den Laden zu kommen. Gezielt steuerten sie die benötigten Waren an und fanden sich schnell in der langen Schlange an der Kasse wieder. Mindestens fünfzehn Menschen standen vor ihnen. Emma rannte hin und her. Während Sabine sich anstellte, blätterte Emma in Zeitschriften, schaute bei den Süßigkeiten oder war ganz aus der Sichtweite ihrer älteren Schwester. Sabine war selbst überrascht, keine innere Unruhe zu verspüren. Selbst die Menschen um sie herum machten sie nicht nervös. Sie wusste, dass sie für heute nichts mehr geplant hatte, wusste um das morgige Weihnachten und so blieb sie ruhig und schaute um sich. Die Menschen um sie herum wurden ihre Zielobjekte. Direkt vor ihr stand eine Mutter mit einem quengeligen Sohn. Dauernd wollte er etwas. Sabine schätzte ihn auf etwa sieben Jahre. Für ihn war es sicher auch kein Spaß, hier stehen zu müssen. Der Kleine tat ihr leid. Die Mutter schob einen vollen Einkaufswagen vor sich her. Davor stand ein Mann mit drei Flaschen Alkohol. Für Sabine sahen sie wie Schnapsflaschen aus. Sie betrachtete ihn genauer. Er sah ungepflegt und schmutzig aus. Er trug einen etwas längeren gräulichen Bart, eine alte Brille, Pudelmütze und eine dunkelgrüne Winterjacke, die sehr schmuddelig aussah. Sabine vermutete, jede der drei Flaschen war für einen Weihnachtstag bestimmt. Sie schaute nach rechts zur Kassenschlange. Auf ihrer Höhe stand ein junges Paar, welches die ganze Zeit herumalberte oder sich küsste. Sie hatten auch nur zwei Teile in den Händen. Vor ihnen stand ein Einkaufswagen vor dem anderen. Einer voller als der andere. Sabine dachte nach. In ihrem Kopf kreisten die Gedanken: „Eigentlich wäre es doch fair, eine Kasse aufzumachen für Leute, die nur zwei, drei Teile haben. Jetzt stehen wir so lange hinter den vollbeladenen Wägen." Vor dem Pärchen stand ein älteres Paar. Sabine schätzte sie auf das Alter ihrer Eltern. Ihr Wagen war gut gefüllt. Das dürften wohl die gesamten Weihnachtseinkäufe gewesen sein. Die beiden standen stumm nebeneinander. Sie hatten sich wohl nichts zu sagen. Still schauten sie nach vorne Richtung Kasse. Sabine betrachtete deren Wagen. Sie wollte mal herausfinden, ob sie durch die Einkäufe etwas über die beiden erfahren würde. Aufgrund der Süßigkeiten tippte sie auf Kinder. Sie hatten Kaffee und Tee im Wagen. Für Sabine lag die Vermutung nahe, sie haben den Kaffee für sich und den Tee für die Kinder. Also schon zwei Beweise für Kinder; zumindest aus Sicht von Sabine. Im fremden Wagen weiter mit den Augen suchend, wurde sie plötzlich unterbrochen. Emma kam angerauscht und wollte wissen, wie lange sie noch zu warten hatten. Zwischenzeitlich kam Sabine nur zwei Leute nach vorne in der Schlange. Natürlich konnte sie die Frage ihrer Schwester nicht beantworten. Vor gar nicht allzu langer Zeit hätte sie sie angefahren und gefragt: „Woher soll ich das wissen?" Nun reagierte sie ganz anders. Reifer. Innerlich musste sie gar schmunzeln. Vor noch gar nicht allzu langer Zeit stellte sie diese Frage ihrer Mutter. Sie kam sich schon fast erwachsen vor, als sie sagte: „Ich weiß es auch nicht. Schau mal nach vorne. Die müssen wir noch abwarten." Emma schmollte und lief wieder zu den Zeitschriften. Der Blick von Sabine schweifte wieder durch die Menschenmenge. Der Supermarkt hatte vier Kassen. Alle waren durch Kassiererinnen besetzt und an allen standen lange Schlangen. Kurz blickte sie durch die Schiebetüren hinter den Kassen. Sie erstarrte kurz und erschrak schrecklich. Er wartete da draußen. Sie sah zunächst einen Schatten. Sofort sah sie aber, wie der Schatten davonfuhr. Es war ein schwarzes Auto, welches durch die Glasscheibe nicht als solches sofort erkannt werden konnte. Die angespannten Schultern von Sabine fielen wieder herab. Sie konnte nicht verstehen, wie sie so sehr von ihm verfolgt werden konnte. Sogar in Situationen, in denen er selbst gar nicht anwesend war. In ihrem Kopf aber war er doch da.

Langsam kam die Kasse näher. Sabine verlagerte ihr Gewicht von einem Bein aufs andere. Sie wurde müde und wollte nur noch heim. Sie konnte sich aber vorstellen, dass es für Emma noch unangenehmer war und noch mehr für den kleinen Jungen vor ihr. Er wurde immer nerviger. Beim Rumspringen ist er sogar Sabine auf den Fuß gesprungen. Doch weder er selbst noch die Mutter hatten sich entschuldigt. Das fand Sabine frech. Natürlich sagte sie das nicht. Sie blickte sich wieder um und schaute mal nach, was die Menschen links von ihr in der Schlange alles im Wagen hatten. Ein Ehepaar mit einem Kleinkind auf dem Arm des Vaters wurde von ihr ins Visier genommen. Der Wagen war nicht ganz so voll wie von einigen anderen Mitwartenden. Sabine erkannte nur klassische Dinge wie Obst, Senf, Kaffeefilter, Mülltüten und dergleichen mehr. Das Kind war etwa zwei bis drei Jahre alt und verhielt sich sehr ruhig auf dem Arm. Die Eltern unterhielten sich leise. Sabine konnte sie nicht verstehen. Vor ihnen war eine alte Frau. In ihrem Wagen befanden sich gerade einmal zwei Artikel: abgepackte Wurst und Jogurt. Sie stand einfach nur da und blickte nach vorne. Emma stand auf einmal wieder neben Sabine. Sie sagte jedoch nichts. Stand schweigend da und sah ein wenig unglücklich aus. Ihr selbst zog es im unteren Rücken von diesem vielen Stehen. Dennoch ging es ständig voran, langsam, aber es ging. Dann waren sie an der Reihe.

Eine halbe Stunde später waren sie auch fast wieder zu Hause. Etwa 200 Meter vor der Türe fing es an zu regnen. Emma rannte los. Sabine beschleunigte ebenfalls ihre Schritte, doch etwas mäßiger als ihre Schwester.

Erwartungsgemäß wollte ihre Mutter wissen, wo die beiden so lange geblieben wären. „Du hast ja keine Ahnung wie viele Menschen in den Laden passen," meinte Emma. Auf dem Weg ins Zimmer kam Sabine ein merkwürdiger Gedanke. Sie war über sich selbst verwundert. Sie hatte im Supermarkt all die Menschen angesehen, aber kein einziges Mal auf ihr Handy. Das holte sie aber sofort nach. Eine Meldung fand sie aber nicht. In ihrem Zimmer angekommen, musste sie plötzlich an Lou denken. Wie sie auf ihn jetzt kam, war ihr selbst schleierhaft. Sie fragte sich, wie er wohl Weihnachten verbringen würde. Sie wusste ja nicht viel von ihm. Lediglich das Wenige, was er ihr im Bus erzählt hatte. Er war nicht verheiratet und hatte keine Kinder. „Ob er verreist ist? Oder sitzt er allein zu Hause vor einem Baum? Vielleicht feiert er gar kein Weihnachten." So kreisten Sabines Gedanken umher. Es war keine klassische Neugierde. Wenn ein Gedanke sie erreichte, musste sie sich mit ihm auseinandersetzen. In diesem Fall hieß der Gedanke eben Lou. „Bestimmt saß er auch heute und gestern im Bus. Er hatte noch keine Ferien. Ich werde ihn nach den Ferien fragen, was er an Weihnachten gemacht hat. Vielleicht ist er ja in Kanada in einer Blockhütte." Sabine musste lachen. Ihre eigenen Gedanken konnten sie zum Lachen bringen.

Sie sah sich um und stellte fest, einige Dinge lagen oder standen seit dem Aufräumen schon wieder herum. Wenigstens über die Feiertage wollte sie versuchen, die Ordnung beizubehalten. Also räumte sie schnell die wenigen Teile auf.

Weihnachten

Sabine saß mit Emma im Zimmer. Sie bastelten. Ihre Mutter schmückte den Weihnachtsbaum. Was ihr Vater tat, wusste sie nicht. Eigentlich hatte sie gar keine Lust und hätte lieber gelesen, um zu erfahren, wie es mit Lady Bedfield weiterging. An Weihnachten war es aber üblich, den Vormittag gemeinsam zu verbringen und sich gemeinsam zu beschäftigten. Sabine freute sich einerseits auf Weihnachten, schließlich waren Schulferien, gutes Essen und man fuhr in den Urlaub. Die Freude von Emma teilte sie jedoch nicht. Ihre Schwester war sehr aufgeregt. Sie genoss das Flair von Weihnachten ganz besonders. Für sie standen natürlich die Geschenke im Vordergrund. Jetzt saßen die beiden bei Sabine im Zimmer auf dem Boden und erstellten ein wahres Kunstwerk. Aus Pappe hatten sie eine Fläche ausgeschnitten, die nun 40cm x 50cm groß war. Diese hatten sie anschließend bemalt. Zunächst wurde die ganze Pappe grün. Als die Farbe getrocknet war, zeichneten sie Vierecke in verschiedenen Größen auf. Aus weiterer Pappe bastelten sie Quadrate und Würfel. Diese wurden unterschiedlich bemalt. Die Größe der Grundfläche war identisch mit den Vierecken auf der ersten Pappe. Darauf klebten sie nun die Quadrate und Würfel.

Als sie mit diesem Teil des Bastelns fertig waren, schoben sie das Kunstwerk zum Trocknen auf die Seite. Später wollten sie noch weitere Zeichnungen hinzufügen. Für den Moment hatte auch Emma genug vom Basteln. Spielen war ihr nun lieber. Darauf hatte Sabine noch weniger Lust. Bis zum Mittagessen würde es nicht mehr lange dauern, so dass Sabine sich bereit erklärte, mitzuspielen. Tatsächlich war es nur noch eine dreiviertel Stunde, ehe die Mutter rief. Es gab Würstchen und Kartoffelsalat. Es musste einfach und schnell sein, da die Mutter noch einiges zu tun hatte. Beim Essen wurde der Ablauf des Abends besprochen und die nächsten beiden Tage gleich mit. So wurden auch noch offene Fragen geklärt. Wer wird bei der Verwandtschaft welches Geschenk übergeben? Wann würde man überhaupt abfahren? Und anderes mehr. Nach dem Essen half Sabine beim Einpacken einiger Geschenke. Emma zog sich in ihr Zimmer zurück. Sabine war rasch fertig. Die Bücher für die Tante und der Kugelschreiber für den Onkel lagen hübsch verpackt auf dem Küchentisch. Leise ging Sabine in ihr Zimmer zurück. Sie wollte Emma nicht ermuntern, zu ihr zu kommen. So schloss sie vorsichtig ihre Türe und freute sich auf ein paar ruhige Minuten oder gar Stunden. Sie legte sich auf ihr Bett. Bevor sie nach ihrem Buch griff, schaute sie zum Fenster. Sie fühlte sich plötzlich etwas unwohl. „Der Schatten" blitzte durch ihren Kopf. Die Augen auf das Fenster gerichtet, stand sie auf. Die letzten beiden Schritte zum Fenster machte sie sehr langsam und vorsichtig. Sie war auf alles gefasst. Wobei sie selbst nicht wusste, was dieses ‚alles' heißen könnte. Am Fenster stehend, schaute sie hinaus. Mehrmals dachte sie etwas zu sehen. Sicher war sie sich aber nicht. Nach wenigen Minuten wollte sie nicht länger Ausschau halten und so legte sie sich wieder hin. Sie blätterte kurz auf die richtige Seite ihres Buches und begann dann weiterzulesen:

Voller Überzeugung, nichts nachgewiesen zu bekommen, saß Lady Bedfield dem Polizisten gegenüber. Er fand sie überheblich und zu selbstsicher. Genau darin sah er die Möglichkeit, sie zu erwischen und ihr etwas nachweisen zu können. „Lady Bedfield, ich hatte ein interessantes Gespräch mit Herrn Thompson. Sie können sich sicher denken, was ich von ihm so alles erfahren habe." Gewiss wusste sie um die Gefahr, die von Henry ausging, aber sie bezweifelte, er könne bereits wirklich Brisantes verraten haben. Während der Kommissar weiter auf sie einredete, heckte sie den Plan aus, Henry zunächst mal für zwei Wochen in den Urlaub zu schicken. Somit verschaffte sie sich etwas Luft, um eine saubere Lösung zu finden. Als der Kommissar eine Antwort haben wollte, musste sich Lady Bedfield noch einmal nach der Frage erkundigen, denn sie war zu weit abgeschweift. Ihr Gegenüber reagierte gereizt. Ihr arrogantes Auftreten missfiel ihm gewaltig.

Sabine legte das Buch aus der Hand und drehte sich auf den Rücken. Sie schaute an die Decke. Zunächst war ihr Kopf etwas leer. Nur die Nachwehen des Buches kreisten in ihren Gedanken. Doch dann sprudelten sie und Sabine begann mit ihnen zu spielen und sie zu verarbeiten. Sie sprach mal wieder in Gedanken mit sich selbst: „Was ist Leben? Hmmm … Ist Leben ein schlagendes Herz? Im Meer befindet sich doch Leben, welches kein Herz besitzt. Oder haben sie alle ein Herz?

Was macht ein Leben aus? Wahrscheinlich Geburt und Tod. Es kommt wohl auf die Sichtweise an. Biologisch betrachtet ist es am einfachsten. Doch wie sieht es philosophisch aus? Was ist dann das Leben? Die Summe all unseres Schaffens? Was aber, wenn wir gar nichts geschaffen haben. Wenn wir tatsächlich nur auf der faulen Haut gelegen haben? Die Summe wäre ja erschreckend. Und somit auch das Leben. Ich muss mehr tun. Muss mehr machen. Ich will richtig leben. Möchte viel schaffen, um eine große Summe zu erreichen. Aber wie erreiche ich das? Es reicht ja nicht, nur in der Schule gut zu sein und anschließend einen guten Beruf auszuüben. Wir schaffen doch viel mehr als das. Was gehört dazu? Bestimmt gute Taten, wie anderen Menschen zu helfen. Oder gute Taten wie den Umweltschutz zu unterstützen oder Tieren helfen. Leben. Was ist Leben? Leben. Das Leben. Ich lebe. Komisch; es gibt keine klare Antwort. Bestimmt denkt jeder anders über das Leben. Wie denkt wohl Mama darüber? Denkt Marie überhaupt darüber nach? Wahrscheinlich nicht. Oder noch nicht. Und wie denkt Lou darüber? Er denkt ganz bestimmt darüber nach. Er hat sicherlich eine brauchbare Antwort. Ich muss ihn unbedingt nach den Ferien fragen."

Sabine drehte sich auf die Seite und schloss die Augen. Nach nur wenigen Momenten nickte sie ein. Schnell kamen ihr Bilder und Geschichten in den Kopf. Sie träumte.

Irgendwann wurde sie aus diesen Träumen gerissen. Emma platzte in ihr Zimmer: „He, hast du nicht gehört?

Bescherung!" Emma war ganz aufgeregt und hatte das Schlafen ihrer Schwester gar nicht registriert. Schlaftrunken schaute Sabine auf. Sie blickte auf die Uhr und antwortete: „Ja, ich komme."

Die Familie saß im Wohnzimmer. Die Lichter am Weihnachtsbaum brannten und alle waren, mehr oder weniger, in weihnachtlicher Stimmung. Während Emma ihre Geschenke aufriss, öffnete Sabine ihre kontrolliert. Es kam einiges zusammen. Auf ihrem Geschenkestapel befanden sich unter anderem ein neues Handy, Bücher, ein Gutschein und Kleidungsstücke. Die Spannung war für Sabine zuvor nicht allzu groß. Im Gegensatz zu Emma hatte sie erahnen können, was sie bekommen würde. Emma war ganz aufgedreht, hüpfte und sprang herum. Jedes Geschenk wurde von ihr gefeiert.
Später aßen sie zu Abend und schauten zusammen eine Weihnachtssendung im Fernsehen an. Trotz ihrer jungen Jahre kam Sabine das Fest zu routiniert vor. Ihr gefiel der Baum und auch wollte sie ihre Geschenke haben, aber doch fehlte ihr ein besonderer Reiz. Sie konnte es sich aber selbst nicht erklären. Sie konnte sich selbst nicht sagen, was ihr genau fehlte. Während sie vor dem Fernseher saßen, verspürte sie plötzlich die Lust, einen Spaziergang zu machen. Zu gerne wäre sie hinaus gegangen, um ein paar Schritte an der frischen Luft zu tun. Die Furcht vor dem Schatten hielt sie allerdings zurück. Stattdessen blieb sie noch eine halbe Stunde mit ihrer Familie vor dem Fernseher sitzen, ehe sie in ihr Zimmer ging. Sie stellte sich ans Fenster, öffnete es und
96

schaute hinaus. Ihre Gedanken sprachen: „Was tust du mir an? Deinetwegen gehe ich nicht raus. Du bist so unfair zu mir. Du machst mich fertig. Das ist Bullshit." Gefrustet schloss Sabine das Fenster; es wurde ihr zu kühl. Beim Schließen kam das Wort dann auch noch über ihre Lippen: „Bullshit." Sie ließ Musik laufen und setzte sich Kopfhörer auf, damit sie die Lautstärke aufdrehen konnte. Schnelle, harte Musik flog in ihre Ohren und sollten ihr Stimmungsbarometer wieder ansteigen lassen. Sie lauschte den Tönen und hing ihnen nach. Sie spürte jedoch kein Stimmungshoch. Stattdessen rutschte sie in eine melancholische Stimmung. Die Musik machte sie nachdenklich und trübte ihre Gedanken. Sie lehnte sich im Bett sitzend an die Wand und schloss ihre Augen. Sie konnte sich nicht erklären, was in der letzten Stunde passiert war. Aus der weihnachtlichen Stimmung ist eine Traurigkeit geworden. Sabine kämpfte mit ihren Tränen. Sie wollte sich selbst keine Blöße geben. Keine einzige Träne wollte sie vergießen. Ein gedankliches Ablenken gelang ihr nicht. Sie sah ihr Leben als eine langweilige Routine an, wurde von einem Stalker verfolgt und wusste kaum mit sich selbst etwas anzufangen. Die Gedanken sprangen nun alle durcheinander. Keiner blieb hängen und sie selbst konnte auch keinen einfangen. Schließlich passierte es doch: eine Träne lief ihr über die Wange. Sie schämte sich. Gefühle derart darzustellen mochte sie gar nicht. Es war aus ihrer Sicht schlichtweg peinlich. Kurz danach musste sie sich die Nase putzen. Sie stand auf, um das Taschentuch wegzuschmeißen. Sie zog die

Jalousien noch einmal hoch und öffnete wieder weit das Fenster. Ein klarer Gedanke kam: „Dann komm. Hol' mich. Nimm mich mit und bring mich fort. Ist doch egal." Sabines Emotionen sprudelten über. Ängste, Tränen, Wut, alles stürzte über sie herein. All das und die kalte Luft verursachten Gänsehaut bei ihr. Dann lief es ihr auch noch kalt den Rücken herunter und sie schüttelte sich kurz. Auf der Straße war es ruhig. Die Menschen saßen zu Hause bei ihren Familien. Die Kälte drang mehr und mehr zu Sabine durch. Sie begann zu frieren. Die Kälte erhielt für einen kurzen Moment ihre größte Aufmerksamkeit und so gab es für sie eine kurze Gedankenpause. Zumindest von den negativen Gedanken, die sie innerhalb von wenigen Stunden so runtergezogen hatten. Es dauerte einen Moment, bevor ihr bewusst wurde, was sie tun würde. Sie konnte das Fenster schließen, sich etwas überziehen oder sich unter die Decke verkriechen. Nach anfänglichem Zögern schloss sie das Fenster. Sie ließ die Jalousien runter und setzte sich auf ihr Bett. Die Decke warf sie sich über die Schultern und so beruhigte sie sich langsam wieder. „Was war das denn für eine Aktion?", fragte sie sich selbst. Ihr wurde bewusst, dass ihre Gedanken sie geleitet und sie zu einem emotionalen Abgrund geführt hatten. Natürlich wusste sie schon von der Macht der Gedanken. Sie führen und leiten uns immer. Wenn es jedoch mal zu negativ verläuft, muss man bewusst dagegen steuern und aktiv Gedanken aufnehmen. Sabine dachte über den folgenden Tag nach. Sie freute sich zu Hause über ihre Geschenke, aber sie hatte

98

gewusst, beziehungsweise erahnen können, was sie bekommen würde. Bei der Verwandtschaft war es völlig offen. Sie konnte zwar immer auf Bücher setzen, aber sicher sein konnte sie nicht. Somit war es eine Überraschung und so freute sie sich ein wenig auf den Tag. Richtige Ablenkung verschaffte sie sich nun mit dem neuen Handy. Sie packte alle Einzelteile aus und nahm sich die Gebrauchsanweisung vor. Sie überflog einige Seiten und merkte schnell die Sinnlosigkeit. Stattdessen nahm sie das Handy und schaltete es an, um sich mit der Handhabung vertraut zu machen. Wie für viele, war es auch für Sabine einfacher, alles selbst auszuprobieren, als sich mit der komplizierten Beschreibung auseinanderzusetzen. Zunächst richtete sie das Handy ein. Sie musste es zwischendurch neu starten und bald waren die ersten Schritte erledigt. Ihre Karte hatte sie vom alten Handy gewechselt und nun suchte sie passende Klingeltöne für Mitteilungen, Telefon und Wecker. Das Hintergrundbild änderte sie ebenfalls ab. Sie war mit ihren Gedanken nun ganz bei ihrem neuen Handy; so kam sie wieder zu innerer Ruhe. Als sie endlich fertig war, ging sie ins Wohnzimmer, um stolz ihrer Familie zu zeigen, was sie eben geleistet hatte. „Und was kann das jetzt besser?", wollte ihre Mutter wissen. „Einiges," erwiderte Sabine, „es macht bessere Bilder, hat mehr Speicherkapazität, arbeitet schneller und so weiter." Emma saß auf dem Boden vor dem Weihnachtsbaum und war mit ihren Geschenken beschäftigt. Die Eltern schauten wieder auf den Fernseher;

Sabine verschwand wieder. Sie legte sich aufs Bett und begann zu lesen:

„Ich frage sie noch einmal: Wo ist Henry Thompson?" Der Kommissar schaute sie streng an. Mit einem süffisanten Lächeln antwortete sie mit ruhiger Stimme: „Lieber Kommissar, wie oft muss ich es ihnen denn noch sagen? Er ist im Urlaub. Ich frage aber nicht nach, wo meine Angestellten ihren Urlaub verbringen. Das ist ihre Sache." Sie blickte in seine funkelnden Augen und genoss es, die Oberhand inne zu haben. „Ich habe ihm gesagt, er dürfe das Land nicht verlassen," schimpfte der Polizist. Sie grinste ihn an: „Sie wissen ja nicht, ob er das getan hat. Vielleicht ist er auf dem Land und macht Urlaub auf einem Bauernhof." Der Kommissar erhob sich und ging zum Fenster. Schweigend stand er da. Lady Bedfield sah ihn an. Sie sah seine Rückseite. Glaubte zu wissen, dass er nichts tun konnte. Er atmete tief durch und drehte sich zu ihr um: „Lady Bedfield, sie können sich winden wie ein Aal. Glauben sie mir, ich werde ihnen den Mord an ihrem Mann nachweisen." Der Kommissar blickte sie genau an. Er wollte ihre Reaktion sehen. Er wollte sehen, wie sie mit diesem Vorwurf umgehen und ob sie nervös werden würde. Sie war wohl darauf vorbereitet, denn sie zeigte keinerlei Regung.

Die Augen wurden etwas träge. Sabine legte das Buch zur Seite. Kurz blieb sie noch liegen und fand dann doch die Motivation aufzustehen. Sie machte sich bettfertig.

Als sie aus dem Bad kam, wollte Emma auch gerade hinein, um sich die Zähne zu putzen. Sabine ging noch ins Wohnzimmer, um ihren Eltern eine gute Nacht zu wünschen. Im Bett dauerte es gar nicht lange, bis sie einschlief. Die Nacht war etwas unruhig. Träume ließen sie von einer Seite auf die andere wälzen. Für kurze Momente wurde sie wach und schlief sofort wieder ein. Ihr Gehirn konnte nicht alles verarbeiten und ihr Körper nicht regenerieren. Obwohl sie lange geschlafen hatte, fühlte sie sich nach dem Aufwachen wie erschlagen. Erschöpft von der Nacht stand sie auf und zog die Jalousien hoch. Es war ihr nicht bewusst, doch sie musste nun den Stress des Vorabends und der Nacht mit in den Tag nehmen. Ihr Gehirn würde es in der folgenden Nacht erneut versuchen, die Daten zu verarbeiten.

Die Familie saß im Auto. Bei wenigen Graden über Null waren sie auf dem Weg zu den Verwandten. Statt bei den Großeltern fand das Treffen bei der Tante statt. Beim Essen saß Sabine ihrer Tante Tanja gegenüber. Die Geschenke lagen unter dem Weihnachtsbaum. Er gefiel Sabine sehr gut. Er war sogar ein Stück größer als der eigene Baum. Die Lichter leuchteten und oben auf der Spitze thronte ein goldener Stern. Ihr Onkel hatte zwei Tische zusammengestellt, damit alle neun Personen Platz hatten. Neben der Familie ihrer Tante war ihre Oma noch da. Beim Essen wurde viel geredet und viel gelacht. Emma und die beiden Jungs waren leicht aufgeregt, da sie heute noch einmal Geschenke bekommen würden. Emma wusste, dass es mindestens zwei

Geschenke sein würden. Zum einen von ihrer Oma und zum anderen von Tante Tanja und ihrer Familie. Ihr ging das Essen viel zu lange. Das langweilige Gerede der Erwachsenen waren ihr lästig. Sabine fand es einfach zu laut und so viele Menschen auf einmal brauchte sie auch nicht. Dennoch fand sie es schön, alle wiederzusehen. Sie war ein wenig hin- und hergerissen. Die Nachspeise läutete das allmähliche Ende des Schlemmens ein. Es käme der gemütliche Teil im Wohnzimmer, bei dem alle um den Baum herumsitzen würden. Sabine musste immer wieder zu Philipp, ihrem Cousin, schauen. Sie fand, er habe überhaupt keine Manieren. Er aß mit offenem Mund, lachte dabei laut und die Hälfte auf seinem Löffel kam gar nicht erst in seinem Mund an. „Sabine, erzähl mal, wie läuft es bei dir in der Schule?", fragte ihre Oma plötzlich. Fast hätte Sabine sich verschluckt; sie musste leicht husten. Die anderen lachten und ihre Mutter meinte bloß: „Das war wohl die falsche Frage." Die Reaktionen der anderen und dieser Kommentar missfielen Sabine natürlich. Daher wollte sie eine sarkastische Antwort geben. Nach kurzer Überlegung meinte sie: „Naja, meistens schaffe ich es zwischen eins und sechs zu sein." Für einen Moment gefiel ihr die Antwort. Doch die Gesichter ihrer Eltern zeigten ihr, dass ihr die Antwort nicht gefallen sollte und sie sich entschuldigen sollte. Doch das tat sie nicht. Es war Weihnachten. Es war Mittagszeit und sie aßen zu Mittag. Warum musste man auch in diesem Moment eine Schülerin nach der Schule fragen. Ihr Onkel hätte es sicher auch nicht gefallen, wenn er gefragt worden wäre, was sein Stress bei der Arbeit mache. Es war schlichtweg der falsche Zeitpunkt. So zumindest sah es Sabine. Dennoch versuchte sie die Situation zu retten und sprach weiter: „Naja, die eins und die sechs sind mir eher unbekannt. Die zwei habe ich mal flüchtig kennengelernt. Mein bester Bekannter ist wohl die drei." Zunächst war es ruhig. Dann ergriff ihre Tante das Wort: „Coole Antwort." Ihr Mann lachte und die anderen folgten.

Einige Minuten später war es soweit. Während die Jungs und Emma ihre Geschenke aufrissen, sahen die Erwachsenen ihnen zu. Sabine hatte ein Buch in der Hand. Sie hatte es zwar noch nicht ausgepackt, aber das konnte sie sofort fühlen. Nun hoffte sie auf einen guten Titel. Als sie es vom Geschenkpapier befreit hatte, schaute sie es sich an. Der Titel lautete: Die Magie des Lebens. Darunter stand klein geschrieben:

Woran mein Herz und mein Geist
festhalten und stets versuchen zu verteidigen
- immer in dem Glauben -
das Richtige zu vertreten,
das ist die Wahrheit, die tief in mir sitzt
und die ich versuche, nach außen zu tragen.

Sabine gefiel das. Es handelte sich eindeutig nicht um einen Krimi, aber sie war sehr gespannt auf dieses Buch. Noch in den Ferien würde sie Lady Bedfield zu Ende gelesen haben und würde dann gleich mit diesem Buch starten. Zwar hatte sie auch von ihren Eltern

Bücher bekommen, aber keines machte sie so neugierig wie dieses. Der Titel allein weckte schon ihr Interesse. Die Sätze darunter noch viel mehr. Sie schlug es auf. Sie bemerkte gar nicht, wie sie von ihrer Tante beobachtet wurde. Erst durch ihr Fragen wurde sie auf sie aufmerksam: „Könnte das etwas für dich sein?" Sabine schaute auf: „Ich habe noch keine Ahnung, um was es geht, aber ich glaube schon." Sie schaute in die Runde. Die Jungs saßen auf dem Boden und spielten mit ihren Geschenken. Emma schaute enttäuscht auf einen neuen Pullover und Onkel Michael öffnete gerade sein Geschenk. Sabines Blick blieb bei ihm hängen. Sie wartete bis er es ausgepackt hatte. Seine Augen verrieten die Freude über den gravierten Kugelschreiber.

Die Zeit verging rasch. Der Abend näherte sich und Sabine machte sich mit ihrer Familie auf den Heimweg. Während der Fahrt meinte der Vater: „Schaut mal, da kommen doch tatsächlich Schneeflocken. Vielleicht bekommen wir ja noch ein Stück weiße Weihnacht." Emma und Sabine hingen sofort am Fenster. Es waren nur wenige kleine Flocken. Die Hoffnung war aber vorhanden, es könnten mehr werden. Sabine blickte hinaus auf den Weihnachtsabend, der vielleicht noch weiß werden könnte. Plötzlich schreckte sie zurück, als sie an einer Häuserwand vorbeifuhren. Ihr Begleiter war da. Er verfolgte sie. Ihre Muskeln zogen sich zusammen und ihr Blick wurde starr. In ihrem Kopf wirbelten die Gedanken umher. So musste sie vermuten, er habe sie bis zu ihrer Tante verfolgt und wusste damit, wo Tante Tanja und Onkel Michael wohnten. Immer mehr lernte er Sabine kennen. Das machte ihr Angst. Inzwischen wusste er schon so vieles von ihr, während sie gar nichts über ihn wusste. Ihre Stimmung trübte sich. Als sie zu Hause ankamen und ausstiegen, bemerkte ihre Mutter die Veränderung bei ihr. „Was ist denn los? Müde oder zickig?" Einen solchen Kommentar konnte Sabine nun gar nicht gebrauchen. Sie schaute nur grimmig und ging vom Auto neben ihrer Schwester her ins Haus. Ihre Mutter schaute zu ihrem Mann. Der zuckte nur mit den Achseln und meinte lächelnd: „Tja, willkommen in der Welt der Pubertierenden."

Für ihre Familie war Sabine an diesem Abend ungenießbar. Sie selbst war der Ansicht, ihre Eltern würden sich daneben benehmen. Ihre Stimmung verhinderte klare Sichtweisen. So wurde beim Abendessen kaum gesprochen und selbst die Eltern waren beinahe froh, als Sabine nach dem Essen in ihr Zimmer verschwand.

In ihrem Zimmer legte sie die heutigen Geschenke ab, die sie zunächst im Flur deponiert hatte. Das Buch ‚Die Magie des Lebens' nahm sie mit in ihr Bett. Sie begann die Rückseite des Buches zu lesen:

Einst war ich jung. Ein junges Mädchen. Ich erkannte die Welt da draußen gar nicht. Meine Welt war klein und voll mit Problemen, die mich Tag für Tag beschäftigten. Meine Figur gefiel mir nicht, meine Eltern wurden immer peinlicher und schräger, die Jungs, die ich mochte, nahmen mich nicht ernst und die Schule war das größte Übel überhaupt.

Doch irgendwann erkannte ich den roten Faden meines Le-
bens. Als es mir gelang, ihn parallel zur wahren Welt laufen
zu lassen, bekam alles einen ganz neuen Sinn. Ich brach aus
meiner kleinen stupiden Welt aus und versuchte mehr und
mehr, das große Ganze zu erkennen und zu verstehen.
Selbst heute befinde ich mich noch auf diesem Weg. Er ist
spannend und ich bleibe neugierig.

Das gefiel Sabine. Sie freute sich schon auf das Buch. Es
war definitiv kein Roman; keine Fiktion. Hier beschrieb
jemand das wahre Leben. Vielleicht könnte sie davon
ein Stück abbekommen, so ihre Überlegung.
Sie legte es wieder zur Seite und nahm sich ‚Lady Bedfield'. Sie schaute, wie viel sie noch vor sich hatte. Als
sie sah, dass es noch ca. 40 Seiten waren, wusste sie,
dass sie spätestens einen Tag später wissen würde, ob
Lady Bedfield ins Gefängnis kommen würde.

Sie bemerkte nicht, wie der Butler in der Tür stand und sie
beobachtete. Zu tief war sie in die Unterlagen eingetaucht.
Sie schien etwas zu suchen und er machte nicht auf sich auf-
merksam. Er war stets ein loyaler Mitarbeiter des Hauses Be-
dfield gewesen. Seit nunmehr 22 Jahren war er im Haus.
Lady Bedfield hingegen war es erst wenige Jahre. Nun saß sie
vor einem Berg von Unterlagen und schien nicht zu finden,
wonach sie suchte. Ihre Unruhe war deutlich zu erkennen.
Von ihrer selbstsicheren arroganten Art war nichts zu spü-
ren. Er beobachtete sie seit geraumer Zeit genauer. Selbst den
Gärtner hatte er beobachtet und ihm die ein oder andere Frage
gestellt. Hätte er nur geahnt, dass dieser verschwinden
106

würde, wären seine Fragen direkter gewesen. Aber er wollte unter keinen Umständen auffallen. Ein guter Butler ist verschwiegen und sieht nichts. In diesem Fall stand ihm Lord Bedfield bedeutend näher und er würde seiner Berufsehre zum Trotz sein Schweigen brechen, wenn er einen Anhaltspunkt hätte, dass der Lord durch die Hand seiner Frau umgekommen wäre. Sie war noch immer am Suchen und er wusste nicht, um was es gehen konnte. Das Testament war geklärt. Sie war Alleinerbin.

Sabine wurde schläfrig. Sie musste das Buch zur Seite legen. Um sich für die Nacht schlafen zu legen, war es noch zu früh. Ins Wohnzimmer zum Fernsehen wollte sie nicht und so setzte sie sich an ihren Schreibtisch. Sie nahm sich ihren Schreibblock und einen Kugelschreiber.
Sie setzte den Stift an und begann zu schreiben:

Woran mein Herz und mein Geist festhalten …
… wird immer mir gehören.
… wird immer eine meiner Wahrheiten sein.
… wird stets mit mir vereint sein.

Sie legte den Stift aus der Hand und blickte zum Fenster. Die Jalousien waren unten und Sabine sah somit nichts von der Dunkelheit des Wintertages. Ihre Gedanken rotierten. Der Satz hallte in ihrem Kopf nach. Sie legte ihre Stirn in Falten und schrieb einen weiteren Satz auf:

... wird stets von mir gefangen sein.

In Gedanken sprach Sabine wieder mit sich selbst: „Sollte ich nichts festhalten? Ich möchte ja nichts gefangen halten. Ich will frei sein und somit muss ich alles andere freigeben. Aber wenn mein Herz an nichts festhalten darf, dann darf es doch auch nicht lieben." Sie saß an ihrem Schreibtisch, spielte mit dem Kugelschreiber in ihrer Hand, starrte auf den Block und ließ die Gedanken immer weiter und weiter größere Kreise ziehen. Plötzlich musste sie schmunzeln: „Vielleicht sollte ich mir mal so viele Gedanken über Mathe oder die Englischvokabeln machen." Zwar musste sie über diesen Gedanken schmunzeln, aber wirklich lustig fand sie ihn nicht. Denn sie wusste, dass sie das tun sollte. Dennoch gab ihr dieses Schmunzeln einen kleinen Energieschub. Ihre Stimmung hob sich ein wenig. Ihre Gedanken machten einen Sprung. Erst kürzlich hatte sie gelesen, dass Kinder glücklicher sind als Erwachsene. Natürlich lag das daran, dass sie sich weniger große Sorgen machen, aber ein weiterer Grund war die Tatsache der Endorphinausschüttung. Der Mensch schüttet beim Lachen Glückshormone, also Endorphine aus. Kinder lachen 15 Mal mehr am Tag als Erwachsene. Sabine merkte gerade selbst, der gelesene Text musste wahr sein. „300 Mal lacht ein Kind am Tag. Ich glaube kaum, diese Zahl erreichen zu können."

Sie probierte es aus. Eine halbe Stunde bevor sie zu Bett ging, schaute sie sich ein paar kurze lustige Filmchen im Internet an. Sie brachten sie zum Schmunzeln und

108

das ein oder andere Mal musste sie sogar lachen. Mit positiver Stimmung ging sie schlafen und sie schlief tatsächlich rasch ein. Am nächsten Morgen konnte sie sich an keine Träume oder an ein Wachwerden erinnern. Als sie beim Zähneputzen war, nahm sie sich fest vor, bei jedem Stimmungstief daran zu denken, etwas Lustiges anzuschauen, zu lesen oder wenigstens an etwas Lustiges zu denken.

Wenige Stunden später saß die Familie bei den Großeltern. Die Geschenke lagen hier nicht unter einem Weihnachtsbaum. Ihre Großeltern hatten bereits seit drei Jahren keinen Baum mehr aufgestellt. Stattdessen gab es ein paar Tannenzweige in einer Vase. Die Kinder bekamen nach der Begrüßung je ein Geschenk in die Hand gedrückt. Sabine hielt einen Umschlag in der Hand. Als alle, bis auf die Großmutter, am Tisch saßen, wollten die Kinder ihre Geschenke öffnen. Doch ihre Mutter hielt sie zurück. „Erst wenn Oma auch da ist. Doch dann werden wir erst essen. So lange werdet ihr noch warten können." Die Großmutter war in der Küche und kümmerte sich um das Essen. Sabines Mutter stand wieder auf, um in der Küche zu helfen. Sie wurde jedoch gleich wieder nach draußen zu den anderen geschickt. Sie wollte es sich nicht nehmen lassen, das Weihnachtsessen allein zu bewerkstelligen. Am Tisch gab es zunächst eine peinliche Ruhe. Sehr zum Bedauern von Sabine fand ihr Großvater ein gern genommenes Thema, wenn keiner etwas sagte und Kinder in der Nähe waren: „Na, ihr zwei, wie läuft es denn in der

Schule?" Sabine spürte die Blicke ihrer Mutter und so riss sie sich zusammen, um jeden unangebrachten Kommentar zu vermeiden. Nachdem Emma eine kurze Antwort von sich gegeben hatte, schaute der Großvater sie an. Sie antwortete: „Naja, wie die Schule so für einen Teenager ist. Ein Übel, aus dem man das Beste machen muss. Und dabei versuche ich mein Bestes zu geben." Der Großvater lachte: „Wie Recht du hast."

Die Oma brachte das Essen rein. Als sie die erste Schüssel abgestellt hatte und wieder in die Küche ging, stand Sabine auf und folgte ihr. Sie wollte beim Auftischen helfen. Ihre Großmutter warf sie nicht aus der Küche, sondern nahm die Hilfe gerne an.

Während des Essens unterhielten sich die Erwachsenen. Emma und Sabine wurden nur selten in die Gespräche mit eingebunden. Sabine war das aber auch ganz Recht. Für Emma waren alle Themen äußerst langweilig. So lange sie noch etwas auf dem Teller hatte, störte auch sie sich nicht daran, keine Unterhaltung führen zu können. Als sie jedoch fertig war, stieg Unruhe in ihr auf. Die Erwachsenen aßen und unterhielten sich noch. Sie konnte nicht aufstehen, durfte ihr Geschenk noch nicht öffnen und bei den momentanen politischen Themen konnte sie auch nicht mitreden. Bald aber waren alle mit dem Essen fertig. Sabine hatte sich schon überlegt gehabt, was in dem Umschlag sein könnte. Ihre größte Vermutung war ein Gutschein. Eine weitere Idee war Bargeld. Eine dritte Idee hatte sie nicht. Nun würde sie es gleich wissen. Sie riss den Umschlag auf und fand darin einen Einkaufsgutschein. Sie konnte sich neue Klamotten kaufen gehen. „Vielen Dank," sagte sie, als sie ihre Großeltern zum Dank in den Arm nahm. Die Großmutter antwortete: „Weißt Du Sabine, ein Gutschein ist zwar sehr unpersönlich, aber wenn ich alte Frau einen Pullover ausgesucht hätte, wer weiß, wie du damit in der Schule angekommen wärst." Sabine musste lachen und alle stimmten ein. „Naja," reagierte Sabine, „hättest du einen im Stil deiner Jugend genommen, wäre er vielleicht wieder ‚in' gewesen."

Am Nachmittag blieben sie nicht mehr lange. Sie mussten nach Hause und packen. Am nächsten Tag wollten sie früh in ihren Winterurlaub aufbrechen. Sie fuhren zum Skifahren nach Österreich und dort wollten sie auch Silvester feiern. Sabine, wie auch ihre Schwester, freuten sie auf den Schnee und den Urlaub. Vor allem aber freute sich Sabine darauf, alles einmal hinter sich lassen zu können. Nur das Positive durfte mit. Dazu gehörten natürlich ihre Bücher.

Schnee, Schneemann, Schneeballschlacht

Um 6 Uhr klingelte der Wecker. „Grausam," geisterte es durch Sabines Kopf. Doch schnell registrierte sie, es war nicht der Wecker, der sie in die Schule einlud, sondern der sie zum Skiurlaub wecken wollte. Sofort war sie hellwach. Eine Stunde hatte sie nun bis zur Abfahrt Zeit und sie hatte noch einiges vor. Das meiste war zwar gepackt, aber sie wollte auch auf Nummer Sicher gehen, alles Wichtige eingepackt zu haben. Sie musste sich im Bad fertig machen, frühstücken und die restlichen Sachen mussten eingepackt werden. Natürlich durfte ihr Kissen nicht fehlen. Damit wollte sie es sich im Auto gemütlich und im Hotel heimelig machen. Sie überlegte viel, ob die Kleidung reichen würde und so holte sie noch mal etwas aus dem Schrank, packte es dann aber doch nicht ein, sondern schmiss es einfach auf den Boden.

Als die Familie um 7.10 Uhr abfuhr, sah das Zimmer von Sabine so aus, als hätte es Ordnung seit Jahren nicht mehr erlebt.

Für die Fahrt hatte sich Sabine bestmöglich vorbereitet: sie hatte genug zum Lesen, über ihr Handy wollte sie Musik hören, mit dem Kissen konnte sie gut schlafen, etwas zum Knabbern hatte sie und zwischendurch würden natürlich auch Pausen gemacht, so dass sie sich mal richtig strecken konnte.

Als ihr Vater losfuhr, richtete ihre Mutter das Navi ein und Emma machte es sich gleich zum Schlafen gemütlich. Sie fuhren durch die leeren Straßen, durch das Zentrum, in dem etwas mehr los war und irgendwann war ihre Heimatstadt hinter ihnen. Sie fuhren auf die Autobahn und hier begann die Fahrt dann richtig. Sabine las etwas über die Machenschaften der Lady Bedfield und sie spielte auch etwas an ihrem Handy. Die meiste Zeit aber schlief sie oder döste vor sich hin. So bekam sie nicht allzu viel von der Dauer der Fahrt mit. Am frühen Nachmittag fuhren sie an schneebedeckten Hängen vorbei. Um sie herum waren weiße Berge. Emma freute sich und war ganz unruhig. „Wie lange fahren wir noch? Sind wir bald da?" Ihre Mutter versuchte sie zu beruhigen und ihr Vater antwortete: „In zehn Minuten dürften wir da sein." Wenn auch nicht ganz so unruhig, freute auch Sabine sich sehr über das Ankommen. Ihre Unruhe war vor allem nach innen. Sie wollte die frische kalte Bergluft einatmen, tief in den Schnee fassen und pfeilschnell den Berg runter fahren mit ihren Skiern. Sie kamen in einen kleinen Ort, der aussah, als würde er nur aus Hotels bestehen. Überall waren Autos zu sehen, deren Kennzeichen verrieten, dass sie von überall herkamen. Die wenigsten waren Ortsansässige. Das Navi führte den Vater durch einige Straßen und dann standen sie vor einem großen Betonbau: Hotel Bergwelt. Zum Entladen parkten sie direkt vor dem Eingang. Die Mädchen entluden gemeinsam mit ihrer Mutter das Auto, während der Vater einchecken ging. Mit den Zimmerkarten kam er wieder heraus und übergab sie seiner Familie. Während er das Auto parkte, warteten die drei auf ihn. Wenig später trafen sie in ihren Zimmern ein. Sabine war gemeinsam mit Emma im Zimmer gegenüber der Eltern. Es war nicht sehr groß, es hatte zwei Betten, einen Schrank, einen kleinen Tisch mit einem Stuhl, und auf dem Tisch stand ein Fernseher und natürlich gab es ein kleines Bad. Es reichte ihnen aber, da sie die meiste Zeit sowieso unterwegs sein würden. Der heutige Tag sollte noch skifrei verlaufen. Nach dem Auspacken wollten alle gemeinsam eine Erkundungstour durch das kleine Dorf machen. Bei Sabine und ihrer Schwester verlief das Auspacken besonders schnell. Alles aus dem Koffer flog in den Schrank. Die beiden klopften bei ihren Eltern, um sie abzuholen. Diese waren aber längst noch nicht soweit. Sie hatten es gerade einmal geschafft, die Koffer zu öffnen. „Wir warten draußen auf euch," sagte Emma. „Aber bleibt wirklich in der Nähe. Wir kommen gleich nach," meinte die Mutter und widmete sich wieder ihrem Koffer. Ihre Zimmer befanden sich im zweiten Stock. Die Mädchen wollten aber nicht auf den Aufzug warten und sprangen die Treppen hinunter. Sie liefen durch die Lobby und hinaus in den Schnee. Wie auf Kommando fing es zu schneien an. Emma lachte und ließ sich in einen Schneehaufen fallen. Sie stand wieder auf, hob die Arme in den Himmel, den Kopf nahm sie in den Nacken und öffnete den Mund. Sie versuchte die größten Schneeflocken einzufangen. Sabine schaute ihr zu und lachte. Sie selbst drehte sich um die eigene Achse und ließ alles auf sich wirken: das Hotel, die Straße, den Schnee, die Menschen und den Schatten. Sabine blieb abrupt stehen. Gegenüber dem Hotel sah sie an der Wand eines anderen Hotels den Schatten entlangziehen. Sie erstarrte. Ihr Blick hing an dem Schatten. Er schien sie zu beobachten. Er versteckte sich nicht. Hing einfach nur da. So sehr hatte sie sich gefreut, alles mal vergessen zu können. Ein Tapetenwechsel bei dem nichts von zu Hause dabei wäre. In diesem Moment wurde ihr aber klar, dass so etwas immer nur eine Flucht war und nicht wirklich etwas zu Hause bliebe. Angst stieg auf, als sie ihn so ansah. „Sabine!" Sie schreckte zusammen. „Sabine!" Sie drehte sich um und erblickte ihre Eltern. „Träumst du," fragte ihre Mutter,

114

„ich habe schon mehrmals gerufen." Ihr Blick war noch immer erschreckt. „Was hast du?", fragte ihre Mutter besorgt. Sabine schaute über ihre Schulter. Er war weg. Sie drehte sich um und suchte ihn mit ihren Augen. Sie konnte ihn nicht mehr sehen. „Nichts," antwortete sie ihrer Mutter, „alles gut."

Gemeinsam machten sie sich auf den Weg. Emma hüpfte um ihre Familie rum und versuchte die fallenden Schneeflocken zu fangen. Ihre Eltern schauten sich um, während Sabine nebenher schlurfte. Ihre Mutter schaute sie an und stupfte ihren Mann an. Sie nickte in Richtung Sabine. Er zuckte mit den Achseln. Ihm kam keine Idee, was er hätte sagen oder tun können. Für ihn war es eine Pubertätskrise, die in diesem Alter mal kam und wieder verschwand. Die Gedanken von Sabine waren am Schatten wie festgekettet. Sie hafteten an ihm und weder die neue Umgebung noch der Schnee konnten etwas daran ändern. Verzweifelte Gedanken waren es, die die Stimmung von Sabine verdunkelten. Sie ging davon aus, er habe sie die ganze lange Fahrt verfolgt. Die einzige andere Möglichkeit, und die machte ihr noch mehr Angst, wäre, der Schatten könnte sie immer und überall aufspüren. Er konnte sie womöglich riechen, hören oder einfach nur spüren. Dieser Gedanke war für das junge Mädchen einfach nur grausam. Sie war wie weggetreten und hörte gar nicht, was ihre Mutter zu ihrem Vater sagte: „Diese schnellen Stimmungsschwankungen sind doch nicht normal. Die sind nun wirklich heftig. Eben konnte sie den Schnee nicht abwarten und nun ist sie ein Trauerkloß." Sabines Vaters antwortete kurz: „Sie fängt sich schon wieder." Noch immer dachte Sabine darüber nach, der Schatten habe sie verfolgt und eine Flucht ist nie wirksam ohne die Probleme zu beseitigen. „Beseitigen!", dachte sie. „Ich muss mein Problem beseitigen. Ich muss den Schatten beseitigen. Ich werde mich nicht mehr verstecken. Jedes Mal, wenn er da ist, werde ich auf ihn zugehen und ihn zur Rede stellen. Er wird keine andere Möglichkeit haben – er muss sich stellen. Der Schattenwerfer muss sich mir zeigen." Dieser frische Gedanke tat ihr gut. Sogleich kam eine Erinnerung auf: „Lachen. Lachen ist gut." Sie dachte scharf nach, worüber sie zuletzt gelacht hat oder worüber sie immer wieder lachen kann. Ihr kam eine Situation mit Marie in den Sinn. Ihre Freundin hatte sich im Bus versehentlich zum Affen gemacht und Sabine konnte alles um sich herum vergessen und musste lauthals lachen. Daran dachte sie nun und die Erinnerung ließ sie innerlich ein wenig schmunzeln. Sie verschaffte ihr tatsächlich ein wenig Abstand. Sie griff in den Schnee und nahm sich eine Handvoll. Sie formte sie zur Kugel und bewarf damit ihre Schwester. Diese erboste sich im Spaß und schon war eine Schneeballschlacht im Gange. Die Eltern schauten zu und der Vater meinte knapp: „Sag ich doch." Schon bückte auch er sich und hatte rasch einen Schneeball geformt und treffsicher geworfen. Es blieb nicht aus, dass auch die Mutter den ein oder anderen Schneeball abbekam. Abends suchten sie ein gemütliches Restaurant, in dem sie aßen und dort den nächsten Tag planten. Nach dem Frühstück wollten sie gleich auf die Skipiste.

Später waren Sabine und Emma allein in ihrem Zimmer. Emma zappte im Bett liegend durch das Fernsehprogramm. Für Sabine war es störend, denn in keinem Programm blieb ihre Schwester länger als wenige Sekunden. „Jetzt hör auf, andauernd umzuschalten," meckerte sie Emma an. Diese erwiderte: „Wenn doch nichts Gescheites läuft." Sabine hatte keine Lust, sich zu streiten und daher zog sie es vor, noch ein wenig zu lesen. Sie wollte nun ‚Lady Bedfield' zu Ende bringen, damit sie das nächste Buch beginnen konnte. ‚Lady Bedfield' lag bereits neben ihrem Bett und so begann sie gleich zu lesen:

„Den Wagen," forderte Lady Bedfield von ihrem Butler. Sie hatte eine kleine Aktentasche unter dem Arm und wollte ihr Anwesen verlassen, um in der Stadt etwas zu erledigen. „Sehr wohl," bekam sie zur Antwort. Dabei bemerkte sie nicht seinen Blick, der misstrauisch auf der Tasche ruhte. Ihr Butler ging davon aus, sie müsse bei ihrer gestrigen Suche fündig geworden sein. Ihm war völlig unklar, was sich in dieser Tasche befinden konnte, doch ihm war bewusst, es könnte gleich für immer verschwunden sein. Es wollte ihm aber nichts einfallen, wie er unbemerkt einen Einblick in die Tasche gewinnen konnte.

„Ja. Ok. Und wer sind sie? Hallo? Hallo, sind sie noch dran?", der Kommissar hatte den Telefonhörer aufgelegt. Er rief seinen Kollegen und die beiden liefen zum Auto. Mit hoher Geschwindigkeit fuhren sie durch die Stadt. „Ein anonymer Anrufer meinte, wir müssten die soeben wegfahrende Lady Bedfield kontrollieren," sagte der Kommissar.

Emma waren die Augen zugefallen. Ihrer älteren Schwester war es aufgefallen, da seit längerem nur ein Programm lief. Für einen kurzen Moment beobachtete Sabine sie, um sicher zu sein, sie würde nicht gleich die Augen öffnen und weiter umschalten. Sie nahm sich die Fernbedienung und betätigte den Aus-Knopf. Emma hatte zwar noch keine Zähne geputzt, aber Sabine ließ sie schlafen. Sie widmete sich wieder ihrem Buch:

Etwa drei Kilometer vom Haus entfernt, auf der großen Landstraße in die Stadt, hielten die beiden Polizisten Lady Bedfield an. Überrascht und innerlich gar ein wenig nervös, fragte sie durch das geöffnete Fenster, warum sie angehalten wurde. Der Kommissar hoffte sehr, er würde nun tatsächlich etwas finden können. „Ich habe mich gefragt, wo sie so eilig hinmöchten. Darf ich sie bitten auszusteigen?", fragte er sie. Ganz empört zischte sie ihn von unten an: „Nein, dürfen sie nicht. Ich habe einen Termin und habe nun keine Zeit für sie." Mit innerer Genugtuung öffnete der Kommissar die Autotür: „Steigen Sie aus." Sie tat, wie ihr geheißen, von ihrer arroganten Überlegenheit war nichts zu sehen. Sie stand am Auto und beobachtete, wie er um das Auto herum ging und die Beifahrertüre öffnete. Er griff nach der Aktentasche. Sie wollte gerade protestieren, als er ihr zuvor kam: „Sie gewähren mir sicher einen Blick." Wütend wollte sie um das Auto laufen, doch der zweite Kommissar stellte sich ihr in den Weg. Ihr Blick senkte sich. Der Kommissar entnahm der Tasche einige Schriftstücke und las sie.
„Er lächelte ihr zu und meinte: „Ich habe sie!"

Sabine schaute auf die Uhr. Es war spät geworden und der morgige Tag würde auf der Piste anstrengend werden. Schnell machte sie sich bettfertig und das Licht aus.

Das Handy hatte schon mehrmals seinen Weckruf verrichtet, als die Mutter ins Zimmer kam. Die beiden Mädchen lagen noch immer im Bett. Ihre Mutter hob die Hände in die Höhe und meinte vor Schreck: „Ach du Schande! Was ist denn hier passiert? Ist hier letzte Nacht eine Bombe hoch gegangen?" Emma setzte sich auf und schaute sich um und antwortete: „Ich war das nicht." Sabine zog sich die Decke über den Kopf. Auf solche Kritik hatte sie nun keine Lust. „Wir sind doch erst seit gestern hier. Wie habt ihr nur dieses Chaos schaffen können? Bevor ihr zum Frühstück runterkommt, habt ihr hier Ordnung geschaffen." Mit diesen Worten verließ die Mutter das Zimmer. Sabine stand genervt auf. Sie verstand nicht, warum das hier ein Problem war. Sie würden doch nur vorübergehend hier sein und somit auch das bisschen Chaos.

Die beiden machten sich startklar. Nach dem Frühstück machten sich alle, warm eingepackt, auf den Weg zur Skipiste. Sie verlebten einen tollen Tag beim Skifahren. Die Sonne schien am blauen Himmel und die niedrige Temperatur war durch die eigenen Aktivitäten und den Sonnenschein nicht spürbar. Am Abend waren alle vier erschöpft und das Einschlafen fiel ihnen sehr leicht. Sie brauchten alle zwei bis drei Tage, bis sie sich an den Rhythmus gewöhnt hatten. Den ganzen Tag an der frischen Luft und sportlich aktiv zu sein, kannten sie natürlich von zu Hause nicht.

An den ersten Abenden war Sabine zu müde, um noch zu lesen. Nun war sie aber neugierig auf ihr neues Buch. Nachdem Lady Bedfield inzwischen im Gefängnis saß, konnte Sabine an diesem Abend mit ‚Die Magie des Lebens' beginnen. Andere Bücher, die sie zu Weihnachten bekam, hätten sie auch interessiert, doch dieses Buch reizte sie am meisten. Sie hatte ihre Zähne geputzt und kam aus dem Bad. Emma schaute fern und schien mit dem Programm mal wieder nicht zufrieden zu sein. Davon unbeeindruckt schnappte sich Sabine ihr Buch und legte sich hin. Sie öffnete es und begann:

Ich war ein junges, naives Mädchen. Man rief mich Nika und ich dürfte so 13 Jahre alt gewesen sein. Dachte genau zu wissen, wie alles in meiner Welt funktionierte. Meine Sichtweise zweifelte ich nicht an. Es waren die anderen, die mit falschem Denken und Handeln durch die Welt gingen. Meine Wahrheit war stets repräsentativ – so war meine feste Überzeugung. Daher konnte ich auch kein Verständnis für meine Eltern aufbringen, wenn sie etwas von mir forderten, was der völligen Sinnlosigkeit erlegen war. Ähnlich war es in der Schule. Die Lehrer waren alt und konnten mich gar nicht verstehen. Sie wussten so vieles nicht. All diese Gedanken beherbergte mein junger Geist.
Nie wäre es mir eingefallen, dass mir die Erwachsenen allein durch ihre Erfahrung hoch überlegen waren. Auf einen solchen Standpunkt wäre ich nie gekommen. Hätte man mich

drauf aufmerksam gemacht, wäre dennoch keine Akzeptanz zu erwarten gewesen. Aus meiner Sicht wären diese Erfahrungen aus einer alten Vergangenheit und in der modernen Neuzeit völlig wertlos. Zu erkennen war dies beispielsweise an deren Hilflosigkeit gegenüber der modernen Technologie.

Sabine schaute von dem Buch auf und dachte bei sich: „Sind wir nicht alle ein wenig Nika?" Sie erkannte sich selbst in dem Gelesenen wieder. Es zuzugeben, fiel ihr nicht leicht; nicht einmal sich selbst gegenüber. Aber tief in ihr drin wusste sie es ganz genau. „Eigentlich," so dachte sie, „gibt es wohl kaum einen Teenager, der anders tickt."

Emma riss sie aus ihren Gedanken: „Das ist ein blödes Programm. Ich will etwas Lustiges schauen." Sabine sah sie etwas verständnislos an. In ihren Augen war Emma kein so kleines Mädchen mehr und hätte somit wissen müssen, nur das sehen zu können, was das Fernsehen bietet. Sie verzichtete darauf, auf ihre Schwester einzugehen. Es schien in diesem Moment so nichtig zu sein, so dass Sabine wieder in ihr Buch schaute. Fast gleichzeitig öffnete sich die Türe und ihre Mutter schaute hinein: „Schlaft gut ihr beiden. Vergesst nicht, morgen zur gleichen Zeit wie heute. Und das Zimmer wird ordentlich verlassen, Sabine!" Die Mädchen sagten brav ‚gute Nacht', dann war die Mutter auch schon wieder draußen.

Die Tage vergingen. Sie hatten viel Spaß und genossen ihren Urlaub. Das Wetter war perfekt und es ging allen gut. Heute fuhren sie nur bis mittags Ski. Es war Silvester und sie wollten nachmittags ruhen, um abends feiern zu können. Sie wollten gemeinsam in das neue Jahr rutschen. Sie hatten Karten für eine Silvesterveranstaltung mit Tanz und Musik in der Nähe ihres Hotels gekauft. Sabine und Emma waren besonders gespannt. Sie waren bislang noch nie auf einer solchen Tanzveranstaltung gewesen. Sie würden sich sehr schick anziehen, fein essen und zum krönenden Abschluss würden sie anstoßen und sich ein frohes neues Jahr wünschen. Für dieses Jahr wurde die Skipiste verlassen. Auf dem Weg ins Hotel stapften sie durch den Schnee und kehrten in eine kleine Imbissbude ein. Zum Mittag sollte es nur eine Kleinigkeit geben, da es am Abend ein großes Büffet geben würde. Sabine stand mit ihren Eltern in einer kurzen Warteschlange und hatte sich bereits für eine kleine Pizza entschieden. Sie blickte sich um und es sah genauso aus, wie in den typischen Buden zu Hause. Durch die große Glasfront sah sie nach draußen. Es waren ein paar Leute zu sehen. An einer Werbetafel entdeckte sie plötzlich ihren Verfolger. Sie schaute genauer hin, um sicher zu sein, dass es kein gewöhnlicher Schatten eines Fahrzeugs oder von etwas anderem war. Nein, war es nicht. Sabine schaute ihn an. Sie sah, wie er sich langsam bewegte: zur Seite, nach oben, und wieder nach unten. In ihr waren noch so viele positive Gefühle der letzten Tage, die nicht so einfach zu verdrängen waren. Sie stand im Kreise ihrer Familie und wich ihm nicht aus. Sie blickte hinaus und hob kurz den Kopf, als wollte sie sagen: „Was ist, hä? Was willst du?"

122

Im nächsten Moment wurde sie von ihm überrascht. Das besondere war nun nicht, dass er einfach verschwand. Das kannte Sabine bereits von ihm. Dieses Mal löste er sich einfach auf. „Sabine, deine Pizza," sagte ihr Vater. Sie drehte sich um und bedankte sich, als wäre nichts gewesen. Im Stehen aßen sie ihre Speisen. Sie redeten nicht viel, da es nicht gerade gemütlich war und sie alle schnellstens wieder gehen wollten. Kaum waren sie fertig, machten sie sich auf den Weg ins Hotel. Ihre Mutter gab den Mädchen die Order mit, ein paar Stunden zu schlafen. Sie würde zwischendurch mal reinschauen. Emma motzte. Sie hatte keine Lust wie ein kleines Kind, ein Mittagsschläfchen zu machen. Emma lag keine fünf Minuten und sie war eingeschlafen. Ihre ältere Schwester ruhte neben mir. Sie schloss ebenfalls die Augen und nickte ein.

Um 19 Uhr wollten sie sich auf den Weg zur Silvesterparty machen. Sabine hatte so geplant, dass sie um 18.15 Uhr beginnen würde sich zu richten. Als sie um 16 Uhr aufwachte, war also noch genügend Zeit zum Lesen, Fernsehen oder einfach nur zum Faulenzen. Emma schlief noch und Sabine wollte sie nicht wecken. Daher ließ sie den Fernseher aus. Stattdessen nahm sie sich die „Magie" vor und las:

Vielleicht hätten es meine Eltern anders verpacken müssen. Möglicherweise fehlten mir sinnvolle Erklärungen, die mich motiviert hätten. Damals jedoch war es einfach nur lästig:

‚Räum' dein Zimmer auf', ‚sei pünktlich', ‚sind die Hausauf-
gabe gemacht?', ‚du gehörst seit 30 Minuten ins Bett'!
Heute habe ich verstanden was Struktur bedeutet, dass sie
mir im Leben hilft und dass sie in jungen Jahren erlernt wer-
den muss. Ich war wahrlich kein rebellischer Teenager, doch
mit dieser Struktur, zumindest mit einigen Bereichen, tat ich
mich schwer. Ob es meinen Eltern überhaupt bewusst war,
warum es wichtig war, diese Regeln einzuhalten? Wollten sie
mir Struktur beibringen, um es für sich selbst leichter zu ha-
ben?
Unser Gehirn braucht Struktur. Nach der Geburt fehlt uns
diese Fähigkeit und wir müssen sie erlernen. So können wir
später ein erfolgreiches und zufriedenes Leben führen.

Sabine schaute auf die Uhr. Sie streckte sich, schaute
kurz auf die Uhr und zu ihrer Schwester. Sich in die Decke kuschelnd, schloss sie die Augen und dachte nach:
„Sie hat so Recht. Ich brauche Struktur. Ich will sie aber
nicht. Meine Eltern wollen sie für mich. Wissen aber
nicht wofür. Nika ist großartig. Sie bringt es auf den
Punkt."
Nach einigen Überlegungen öffnete Sabine ihre Augen
wieder und las weiter:

Was gehört eigentlich zur Struktur? Mir klingen noch heute
die Worte meiner Lehrer im Ohr: „Du musst strukturiert ar-
beiten." Oder: „Dir fehlt die Struktur."
Damals waren es schlichte Floskeln für mich. Inzwischen ist
mir bewusst, dass der Mensch Richtlinien oder Führungsli-
nien benötigt. Wir brauchen Rahmen, in denen wir uns
124

bewegen. Dazu gehört der zeitliche Rahmen, damit wir ein Zeitgefühl entwickeln. Ebenso wichtig ist eine Aufgabenstruktur. Dadurch lernen wir Verantwortung zu übernehmen. Als Teenager interessierte mich das jedoch herzlich wenig. Ich verweigerte mich allzu oft.

Die Türe öffnete sich und die Mutter steckte ihren Kopf durch den geöffneten Spalt. Sie nickte Sabine nur zu, als sie sah, dass Emma noch schlief. Leise zog sie sich wieder zurück. Sabine wollte nicht mehr so viel Rücksicht nehmen. Ihre Schwester tat dies schließlich auch nie. Daher nahm sie sich die Fernbedienung und schaltete den Fernseher an. Sie zappte durch die Programme. Unter der Bettdecke ihrer Schwester kam Bewegung. Der Fernseher störte ihren Schlaf und sie wälzte sich. Während Sabine weiter nach etwas Sehenswertem suchte, schlug Emma ihre Augen auf. „Was läuft da?", wollte sie wissen. Von Sabine kam nur ein nüchternes „nichts". „Gib mir mal die Fernbedienung", forderte Emma. „Nein", kam es zurück. „Das ist unfair. Ich will jetzt", keifte Emma. Sabine schaute kurz zu ihrer Schwester und fragte: „Unfair? Wieso das denn? Du bist bisher diejenige gewesen, die die ganze Zeit das Programm ausgesucht hat. Außerdem hast du eben geschlafen. Jetzt schaue ich." Emma war beleidigt. „Kleine Schwestern sind so nervig", dachte Sabine. Sie würde allerdings gleich klein beigeben, da sie nichts finden konnte, was sie interessierte. Mit einem Blick auf die Uhr stand sie auf. Sie warf die Fernbedienung ihrer Schwester zu und meinte dazu: „Hier, du Nervensäge."

Damit verschwand sie im Bad, um sich allmählich für den Abend zu richten. Zuerst wollte sie duschen. Emma war zufrieden; sie hatte wieder mal gegen die ältere Schwester gewonnen. Nun zappte sie durch die Programme und blieb bei einer Zeichentricksendung hängen.

Fein rausgeputzt und pünktlich um 19 Uhr gingen die vier zu ihrer Silvesterveranstaltung. In einem großen Saal standen viele Tische, die bislang nur spärlich besetzt waren. Erst im Laufe des Abends würden die meisten Gäste kommen. Eine Band stimmte gerade ihre Musikinstrumente. Zwischen der Band und den Tischen war die Tanzfläche. Alle Plätze waren reserviert. Sabine und ihre Familie wurden von einem Kellner an ihren Tisch gebracht. Es war jedoch kein Vierer-Tisch. Als sich der Kellner wieder zurückgezogen hatte, wollte Emma wissen, ob da nachher noch mehr Leute an ihrem Tisch sitzen würden. Ihr Vater antwortete ihr: „Ja. Das wird nachher richtig voll. Das ist dann viel lustiger, da kommen wir doch besser in Stimmung, als wenn wir nur unter uns wären. Vielleicht kommen ja Leute mit Kindern." Ihnen wurde die Getränkekarte gebracht. In der nächsten halben Stunde füllte sich der Saal mehr und mehr. Das Büffet sollte um 19.30 Uhr eröffnet werden. Man konnte aber auch später kommen, da das Büffet erst um 23.30 Uhr abgebaut wurde. Zeitgleich wie die Getränke serviert wurden, begann die Band zu spielen und weitere Gäste kamen an unseren Tisch. Sabines Vater stellte sich und seine Familie vor. Zum einen kam ein Paar, welches etwas älter als
126

Sabines Eltern war und außerdem wurde noch eine kleine Familie an den Tisch geführt. Sie waren zu dritt. Neben den Eltern noch ein Junge, der etwas älter als Sabine zu sein schien. Ihre Mutter flüsterte ihr ins Ohr: „Schau mal. Der wäre doch vielleicht etwas für dich." Sabine fand das gar nicht lustig und zog nur eine Grimasse. Während sie sich die Leute anschaute, waren ihre Eltern mit den anderen Gästen im Gespräch vertieft. Emma langweilte sich und spielte mit allem, was sie auf dem Tisch finden konnte. Mit dem Handy durfte sie hier nicht spielen, das hatten die Eltern schon vorher beiden untersagt. Pünktlich um 19.30 Uhr wurde das Büffet eröffnet. Wie in einer Hungersnot stürmten die Leute nach vorne. Sabine war erstaunt. Das hatte sie hier nicht erwartet. Schließlich waren sie nicht in einer Schulmensa oder einem Fast-Food-Restaurant. Obwohl sie selbst mit ihrer Familie und den anderen am Tisch rasch nach vorne ging, standen sie gemeinsam in einer langen Schlange. Sabine sah sich etwas um. Sie wollte ihrer Mutter etwas über die Band sagen, drehte sich um und begann schon zu reden, als sie direkt vor dem Jungen stand, der an ihrem Tisch saß. Sie stockte und stotterte etwas von einer Entschuldigung. „Schon ok", lachte er. „Ich bin Tom." Sabine wurde etwas verlegen, versuchte sich aber nichts anmerken zu lassen und antwortete: „Sabine. Von wo seid ihr?" In den nächsten Minuten unterhielten sich die beiden, während sie sich langsam dem Essen näherten. Sabine erfuhr, dass Tom ein Jahr älter war als sie und ebenfalls aus Deutschland kam. Er wohnte allerdings fast 500 Kilometer von ihr entfernt. Emma fühlte sich wie das fünfte Rad am Wagen. Alle unterhielten sich und sie langweilte sich in der Schlange. Sie hatte sich so auf den Abend gefreut, da er sich so erwachsen angehört hatte. Nun musste sie jedoch feststellen, dass das Feiern der Erwachsenen nicht spannend, sondern sehr langweilig war. Dabei hatte der Abend noch gar nicht richtig begonnen. Sie wollte nicht mehr rumstehen. Langsam entfernte sie sich und schaute sich um. Vor allem ging sie zu der kleinen Bühne und schaute der Band zu. Sie spielten ruhige langsame Musik, passend zum Abendessen und sie würden später deutlich schneller und lauter werden. Irgendwann schaute sie nach ihrer Familie und sah, wie ihre Mutter sie zu sich winkte. Endlich waren sie an der Reihe. Wenig später saßen sie am Tisch und ließen sich die vielen feinen Leckereien schmecken. Sabine fiel dabei auf, dass Tom sie immer wieder beobachtete. Sie fühlte sich einerseits geschmeichelt, andererseits aber machte sie das auch nervös. Vor allem hoffte sie, ihre Mutter würde es nicht bemerken und dann irgendwelche Kommentare abgeben. Im Laufe des Abends wurde es geselliger. Die Band spielte Tanzmusik, einige Paare befanden sich auf dem Parkett und an den Tischen wurden die Leute durch Alkohol redseliger. Sogar Emma war nun am Lachen und hatte Spaß, denn sie wurde von ihrem Vater zum Tanzen aufgefordert und so hüpfte sie auf der Tanzfläche herum. Sabine schaute sich ein wenig um und hing ihren Gedanken nach. Sie fand es eigentlich zu laut und zu voll. Dennoch gefiel es ihr, wie die Leute sich amüsierten. Ihr gefielen die geschmückten Tische. Die Luftschlangen, die Musik und im Grunde das gesamte Ambiente des Abends. Sie blickte in die andere Richtung und da traf sich ihr Blick mit dem von Tom. Er lächelte sie an und auch sie lächelte. Es war ein komisches Gefühl für sie. In der Schule traf sie jeden Tag Jungs und mit denen lachte sie, ärgerte sie sich herum und unterhielt sich. In diesem Moment, mit Tom, war es irgendwie anders für Sabine. Sie empfand es als reif. Sie nahm einen großen Unterschied wahr, der ihr bislang so nicht untergekommen war. Es waren weniger die Inhalte, über die sie sich nun unterhielten, sondern die Art und Weise wie sie es taten. Sabine hatte keine Schmetterlinge im Bauch, aber es war doch ein kleiner Flirt, der ihr Freude bereitete. Ab und zu schaute sie zu ihrer Mutter. Sie befürchtete, sie könnte mit einer unangebrachten Bemerkung diesen spannenden Moment zunichtemachen. Sabines Meinung nach fehlte ihrer Mutter das nötige Feingefühl in solchen Situationen. Sie merkte nicht, wenn es für sie peinlich wurde. Ihre Mutter war gerade in ein Gespräch mit Toms Mutter vertieft und somit momentan keine Gefahr für eine Störung. „Was machst du in deiner Freizeit?", wollte Tom wissen. „Naja, nicht so viel. Ich lese gerne. Ab und zu treffe ich mich mit Freundinnen.", antwortete sie und im Gegenzug fragte sie nach seinen Hobbys. „Ich spiele im Verein Fußball und ansonsten zocke ich gerne", grinste er. Er wollte von ihr wissen, ob auch sie gerne Computerspiele machte. Sie schüttelte den Kopf: „Nein, damit kann ich nichts anfangen." Er grinste wieder und meinte: „Schade, ansonsten hätten wir online gegeneinander spielen können." Sabine nahm ihren ganzen Mut zusammen und lächelte ihn verschmitzt an: „Wir müssen ja nicht spielen, um uns online zu treffen. Wir können ja einfach nur schreiben." Nun war Tom leicht verlegen, konnte ihrem Blick nicht standhalten und meinte: „Ja, klar. Gerne."

„Na, ihr scheint euch ja gut zu amüsieren," lachte Sabines Mutter. Sabines Stimmung fiel tief. Genau das wollte sie nun nicht erleben. Für sie wurde ein schöner Moment wie mit einem Fingerschnips zerstört. Nun kam auch Toms Mutter hinzu und meinte: „Ihr gebt aber ein nettes Paar ab." Das hatte nun endgültig gesessen. Nicht nur Sabine empfand es als unangenehm. Tom ärgerte sich über den Spruch seiner Mutter. Er schwieg aber genauso wie Sabine, die nun aufstand und sich auf die Toilette zurückzog.

Um Mitternacht stießen alle an. Alle wünschten sich ein frohes, neues Jahr, viel Erfolg und viel Glück. Emma hüpfte wieder rum, nachdem sie zwischendurch mal sehr müde auf ihrem Stuhl gesessen hatte. Nach dem Trinken drängten alle nach draußen, um sich das Feuerwerk anzusehen. Für Sabine war es einerseits eine Umweltverschmutzung und rausgeworfenes Geld, aber auf der anderen Seite mochte sie die bunten Farben und Muster am Himmel. Sie blickte zum Himmel und konnte sich nicht satt sehen. Sie schreckte leicht zusammen, als dicht neben ihr jemand auftauchte. „Der Schatten," schoss es ihr in den Kopf. Sie schaute ihm in die Augen und sofort entspannte sie sich und lächelte, als sie Tom erkannte. „Cooles Feuerwerk, was?", fragte er sie. Mit einem Grinsen nickte sie und beide schauten nach oben. Neben den privaten Feuerwerkern hatte der Ferienort ein professionelles Feuerwerk organisiert, das mit einer großartigen Choreographie die Leute in ihren Bann zog. Raketen schossen in den Himmel und verwandelten den Himmel in ein buntes Spektakel. Als es langsam ruhiger wurde und die ersten Leute wieder in den Saal zurückgingen, flüsterte Tom in die Nacht hinein: „Gibst du mir noch deine Handynummer, damit wir schreiben können?" Sabine schaute in den Himmel und lächelte zufrieden: „Natürlich."

Der Saal leerte sich nun zügig. Gegen 1 Uhr wollten auch Sabines Eltern zurück ins Hotel. Emma war sehr müde und musste nun schlafen. Sabine wäre gerne noch etwas geblieben, doch auch sie freute sich auf ihr Bett. Man verabschiedete sich von allen und Sabine freute sich, als sich ihre Mutter mit Toms Mutter für ein gemeinsames Familienabendessen zwei Tage später verabredete.

Die nächsten Urlaubstage vergingen wie im Flug. Sie fuhren viel Ski und ließen es sich gut gehen. Natürlich gab es immer wieder Ermahnungen bezüglich der Zimmerordnung von Seiten der Mutter, aber aus der Gewohnheit heraus empfand das Sabine als nicht allzu lästig. Das Wiedersehen mit Tom war angenehm aber doch distanziert, da sie am Tisch stets in Hörweite der Eltern waren.

Am letzten Abend, Sabine und Emma lagen in ihren Betten und das Licht war gelöscht, dachte Sabine über den Urlaub nach. Sie kam auf so viele schöne und lustige Momente. Eigentlich hätte sie auch etwas für die Schule tun sollen, aber dazu war sie nicht gekommen. Es war zwar ein Ärgernis, da sie es sich ernsthaft vorgenommen hatte, doch diesen Gedanken konnte sie leicht verdrängen. Ihr fiel dann auf, dass sie den Schatten in der zweiten Hälfte des Urlaubes nicht nur nicht gesehen hatte, sondern nicht einmal an ihn gedacht hatte.

Am nächsten Morgen traten sie die Heimfahrt an.

Kapitel 4

Zurück im Alltag

Am Sonntagabend saß Sabine in ihrem Zimmer und überlegte sich, ob sie alles für die Schule vorbereitet hatte. In dem Moment machte ihr Handy auf sich aufmerksam. Sabine schaute auf das Display; Marie meldete sich: „Heeeeyyy, wie gehts? Heil zurück? Schone ferien gehabt?" Sabine setzte sich aufs Bett, um ihrer Freundin zu antworten: „Hey du, ja Skifahren war geil. Cooles wetter gehabt. Und bei dir?" So schrieben sich die beiden einige Nachrichten. In der letzten Mitteilung freuten sie sich auf das Wiedersehen am nächsten Tag. Emma war längst im Bett, als auch Sabine bettfertig aus dem Bad kam und sich hinlegte. Schlafen wollte sie aber noch nicht. Sie griff nach ihrem Buch und kuschelte sich ein:

In meiner Teenagerzeit fragte ich mich oft, was die Magie des Lebens sei. Ich denke, es ist das, was den Sinn des Lebens ausmacht. Es mag für jeden etwas anderes bedeuten. In jeder Lebensphase kann es sich auch verändern. Während der 30-Jährige den Sinn in der Familiengründung und dem Hausbau sieht, denkt der 18-Jährige an Partys, schnelle Autos und viel Geld. Mit 13 oder 14 Jahren hatte ich noch keinen wirklichen Sinn erkennen können. Ich lebte für die Schule und die Anforderungen meiner Eltern. Mit der Magie setzte ich mich schon eher auseinander. Es waren die vielen kleinen spannenden Dinge des Lebens. Der Kinobesuch mit der Freundin beispielsweise oder die Jungs, die eindeutig anders zu ticken schienen als ich selbst. Es waren aber auch all die neuen Dinge, die ich kennenlernte. Zum Beispiel Orte und Menschen, wenn wir in den Urlaub fuhren. Ich fand es großartig, ganz neue Sachen zu sehen, von denen ich bisher nur gehört hatte oder sie nur von Bildern her kannte. Natürlich gab es auch magische Momente. Dazu gehörte selbstverständlich der erste Kuss. Ich denke, Martin war damals genauso nervös wie ich, als sich unsere Lippen näherten. Den ersten Kuss vergisst man sicher nicht so schnell. Als magisch empfand ich aber auch einen Sonnenuntergang bei einer Bergwanderung mit meiner Familie.

Allmählich fielen Sabine die Augen zu. Sie legte das Buch zur Seite und schlief ein.

Der Wecker holte sie unsanft aus dem Urlaub und warf sie in ihren Alltag zurück. Leicht grummelnd und wenig motiviert stand sie auf. Routiniert verliefen die nächsten Schritte. Schwierigkeiten gab es nur bei Emma. Es war nicht leicht, sie wach zu bekommen. Ihr Schlafrhythmus war in den Ferien etwas durcheinandergeraten und nun wollte sie partout nicht aufstehen. Sabine musste gleich mehrmals in Emmas Zimmer kommen, bis diese endlich das Bett verlassen hatte. Die jüngere Schwester putzte sich gerade die Zähne, als Sabine das Haus verließ. Es war ein grauer Morgen. Kein Schnee weit und breit. „Immerhin regnet es nicht", dachte Sabine. Einen unangenehmen Wind gab es auch nicht. Im Grunde war es für einen Januarmorgen sehr

134

mild. Sabine wusste, auf wen sie achten musste. Ihre Blicke suchten beide Straßenseiten ab. Zuletzt sah sie ihren Verfolger bei der Pizzabestellung. Sie zweifelte aber nicht daran, dass er sie weiterhin verfolgt hatte. Sie ging fest davon aus, er würde sich irgendwo in ihrer Nähe rumtreiben. Außerdem ging sie davon aus, dass die Beobachtungen bald aufhören würden und es zum großen Showdown kommen sollte. Es gab Momente, da war sie bereit dafür und es gab Momente, da überwog die Angst. Ihr war aber eines bewusst: es lag nicht in ihrem Entscheidungsbereich. Sie musste es nehmen wie es kam.

Im Bus war es voll, doch Marie hatte einen Platz reserviert gehabt. Die beiden freuten sich über das Wiedersehen, und durch das pausenlose Reden merkten sie gar nicht wie schnell die Fahrt verging. Bei der Überquerung des Schulhofs trafen sie auf Pia. Lachend und erzählend betraten sie das Schulgebäude und sie redeten auch noch, als der Unterricht begann. Erst eine Ermahnung brachte Ruhe rein. Der Vormittag verlief für Sabine alles andere als glücklich. Erst wurde ein Kurztest angekündigt und dann bekam sie eine Mathearbeit zurück. Mit einer 4 Minus war sie alles andere als zufrieden. Nicht minder zufriedenstellend würde das Urteil der Eltern ausfallen. Sie hatte sich zu Beginn des Schuljahres so sehr festgenommen gehabt, am Ende des Jahres keine vier im Zeugnis zu haben. Ihr Lernverhalten brachte diese Zielsetzung arg ins Wanken. Gleich in drei Fächern war sie gefährdet, das Ziel nicht zu erreichen. Selbst die Späße von Marie, die in der Arbeit eine

3-4 geschrieben hatte, konnten Sabine nicht aufheitern. Sie war gefrustet und ihr war klar, wie wenig es Sinn machen würde, sich mehr Lernzeiten vorzunehmen. Sie würde es sich vielleicht vornehmen, aber einhalten könnte sie es nicht. Ihr fehlte schlichtweg die Motivation, mehr für die Schule zu tun. Sie verstand nicht, warum sie all diese Fächer und all diese Inhalte lernen sollte. Sie würde sie sowieso nicht brauchen. In ihre Gedanken wieder einmal versunken, saß sie in der letzten Schulstunde dieses Tages. Ihre Hände spielten mit zwei Stiften, während sie ins Leere starrte und über die Sinnlosigkeit einiger Schulstunden sinnierte. Als es klingelte, hatte sie weder etwas vom Unterricht aufgenommen, noch fand sie Antworten auf ihre Fragen. Im Nachmittagsunterricht waren die Freundinnen getrennt, so dass Sabine allein zur Bushaltestelle ging. Der Bus stand bereits da und wartete darauf, die Schüler aufzunehmen. Sabine ging durch die Reihen und erblickte in der Mitte des Busses Lou mit einem freien Platz neben sich. Er hatte sie schon beim Einsteigen entdeckt. Sie grüßten sich freundlich und sie setzte sich zu ihm. „Na, wie war der erste Schultag?", fragte er sie. Sie verzog das Gesicht. „So schlimm?", hakte er nach. Sie zog die Augenbrauen hoch und antwortete: „Nein; noch schlimmer." Lou grinste und meinte: „Brauchst du eine Runde Mitleid, du arme Schülerin?" Sabine schüttelte den Kopf: „Das hilft ja auch nichts. Ich verstehe einfach nicht, warum wir so viele sinnlose Fächer haben." Lou schaute sie mit großen Augen an. Er neigte den Kopf leicht zur Seite und fragte dann: „Ach, habt
136

ihr das? Welche denn zum Beispiel?" Sabine seufzte und erwiderte: „Naja, mal ehrlich, wofür brauchen wir Musik? Oder Erdkunde? Religion? Oder Sport? Die wenigsten von uns werden später in ihrem Beruf eines dieser Fächer benötigen." Lou dachte kurz nach; dann stellte er Sabine eine wichtige Frage: „Hast du denn schon mal deine Lehrer gefragt, wofür ihr das alles braucht?" Ihre Antwort kam zögerlich: „Naja, nicht direkt ich selbst. Aber andere aus der Klasse haben gefragt." Lou wollte nun wissen, wie die Antworten der Lehrer ausgefallen sei. „Sie gaben immer die gleichen Antworten: ‚Falls ihr es doch mal beruflich braucht.' ‚Es steht nun mal im Lehrplan.' Aber das ist doch blöd." Lou grinste und meinte: „Recht hast du." Sabine sah ihn überrascht an. „Ja Sabine, du hast Recht. Das ist blöd. Das ist nicht der wahre Grund, wofür du all diese Fächer mit all den ganzen Inhalten in der Schule hast." Nun war Sabine richtig überrascht und wollte mehr wissen. Lou nickte und erzählte: „Was denkst du denn, warum ein Gymnasiast mehr Chancen als ein Hauptschulabgänger hat?" Sabine musste gar nicht überlegen: „Ist doch klar. Der weiß ja viel mehr." Auf diese Antwort hatte Lou gewartet: „Ach, ist das so? Dann nehmen wir doch mal je einen Absolventen von der Hauptschule und einen vom Gymnasium. Beide sind seit 15 Jahre aus der Schule draußen und wir fragen sie nach dem Geburtsjahr von Mozart, den Namen von Napoleons Frau und nach den Hauptstädten südamerikanischer Länder. Denkst du wirklich, der Gymnasiast wüsste das noch?" Sabine musste ernsthaft nachdenken. Sie musste ihm Recht geben. Sie sah es ja bei ihren Eltern. Vieles aus Sabines Unterricht war bei den Eltern im Gedächtnis nicht mehr vorhanden. Nachdenklich schaute sie Lou an: „Erkläre es mir." Lou nickte: „Gerne. Du darfst die Schule nicht als reine Informationsquelle ansehen. Die Schule ist ein Trainingslager. Stell dir einen Fußballer vor. Um beim Spiel gut sein zu können, muss er im Training so vieles trainieren: Ausdauer, Technik, Schnelligkeit, Koordinationsfähigkeiten, Kraft und vieles mehr. Je länger er das trainiert, umso besser wird er einmal werden können. Wenn du nun später in deinem Beruf, ganz gleich, was du mal machen wirst, gut sein willst, musst du alle möglichen Fähigkeiten trainieren. Das findet in deinem Gehirn statt. Du trainierst in der Schule die einzelnen Gehirnregionen. Du brauchst später Fähigkeiten wie Kreativität und lösungsorientiertes Arbeiten. Die Kreativität trainierst du in der Zeit von der vierten bis zur achten Klasse mit Fächern wie Musik und Bildende Kunst. Lösungsorientiert zu arbeiten, lernst du in der Mathematik. Jedes Fach hat einen klaren Nutzen. Natürlich verlierst du viele Inhalte. Du musst vieles aber auch nur für einige Wochen behalten. Durch das Erlernen trainierst du dein Gehirn. Die Lehrer sind so etwas wie die Trainer. Wie im Sport gibt es gute und weniger gute Lehrer bzw. Trainer. Konzentriere dich aber nicht zu sehr auf sie, sondern auf dein Ziel. Du willst doch später mal erfolgreich sein, oder nicht? Dafür trainierst du. Das sollte dir die Motivation geben, dich auch mal für die weniger spannenden Fächer hinzusetzen und zu lernen." Sabine atmete tief durch: „Wow. So habe ich das noch nie gesehen, beziehungsweise so hat es mir noch keiner erklärt." Lou fügte noch hinzu: „Sabine, es liegt an dir allein, was du daraus machst. Du solltest nie den Fehler machen, zu sagen, der Lehrer mochte dich nicht oder du mochtest ihn nicht. Oder gar, du wärst bei einem Thema krank gewesen. Das zählt alles nicht. Du lernst tatsächlich weder für Lehrer noch für deine Eltern und auch nicht für die Inhalte. Du lernst für deinen Erfolg im Leben. Setze dir Ziele und mache dir bewusst, sie nur mit einem trainierten Gehirn erreichen zu können. Wie sehen deine Ziele aus? Finanzieller Reichtum? Firmenchefin? Familie, großes Haus und viele Reisen? Oh, schau mal, hier ist deine Haltestelle, schnell raus mit dir." Sabine schaute erschrocken auf: „Oh Mist. Danke. Vielen Dank. Wir müssen noch mal weiterreden." Sie sprang auf und rannte zur Tür und hörte Lou hinterherrufen: „Jederzeit."

Als sie den Bus verlassen hatte, musste Sabine das von Lou Gesagte sacken lassen. In Gedanken fasste sie noch einmal zusammen: „Die Schule ist ein Trainingslager für mein Gehirn, damit ich alle die von mir gesetzten Ziele erreichen kann." Sabine erkannte in dem Ganzen tatsächlich Motivationspotential. Denn sie würde von nun an nicht nur für die Note lernen und schon gar nicht für eine Person. Das Lernen wäre eine Trainingseinheit für ihren Erfolg in der Zukunft. „Somit hatten die Lehrer wohl Recht, die meinten, man würde für die Zukunft lernen." Bei diesem Gedanken musste Sabine schmunzeln. Hundert Meter bevor sie ihr Zuhause erreichte, blieb sie stehen. Sie meinte verfolgt zu werden. Sie drehte sich um. Weit und breit war niemand zu sehen. Nur auf der anderen Straßenseite, aber diese Person verfolgte sie nicht, sondern kam aus der entgegensetzten Richtung. Inzwischen kannte Sabine den Schatten schon etwas und daher schaute sie nicht nur auf den Weg und an die Wände, sondern auch nach oben. Sie sah ihn aber nicht. Verunsichert ging sie weiter und kam schließlich unbehelligt an. Sie hatte ihren ersten Schultag überstanden. Kaum war sie drin, rief ihre Mutter sie zu sich. Sabine kam in die Küche, in der ihre Mutter gerade beschäftigt war. „Sag mal, das kann ja nun wirklich nicht wahr sein," begann ihre Mutter, „muss ich dich wirklich so sehr kontrollieren? Ich bin schon davon ausgegangen, dass du dein Gepäck längst versorgt hättest. Ich wollte heute Morgen die Wäsche waschen und musste feststellen, dass deine fehlte. Du wirst nun als erstes alles auspacken und aufräumen. Und als nächstes räumst du dein Zimmer auf. An Weihnachten war alles so ordentlich. Dann waren wir Skifahren. Ich weiß wirklich nicht, wann du die Zeit hattest, diese Unordnung zu schaffen." Darauf hatte Sabine nun absolut keine Lust. Dennoch nahm sie sich vor, wenigstens das Gepäck aufzuräumen. Sie wollte ihre Mutter nicht noch mehr reizen. Sie war bereits sauer genug. Sie hängte ihre Jacke an der Garderobe auf und wollte in ihr Zimmer. Bevor sie ankam, rief ihre Mutter wieder aus der Küche: „Habt ihr Mathe wiederbekommen?" Sabine senkte den Kopf und flüsterte: „Shit!" Etwas lauter sagte sie dann: „Ja, eine 4 Minus."

Sogleich verschwand sie in ihrem Zimmer und schloss die Türe, damit sie erst gar keine Reaktion ihrer Mutter mitbekam. Sie war bemüht, zügig Ordnung zu schaffen. Anschließend musste sie sich um die Hausaufgaben kümmern, inklusive der Verbesserung und schließlich musste sie für den angekündigten Test lernen. Nein, so hatte sie sich den ersten Tag nach den Ferien nicht vorgestellt gehabt. Leicht frustriert machte sie sich an die Arbeit. Zur mentalen Unterstützung machte sie Musik an.

Wie geht die Umsetzung?

Mitten in ihrem Tun musste sie an Nika und ihre Struktur sowie an Lou und seine Ausführungen denken. Alle diese Informationen schienen einzelne Puzzleteile zu sein, die zusammen ein großes Ganzes ergeben. Zu dieser Erkenntnis kam Sabine in diesem Moment. Sie setzte sich auf das Bett und dachte nach: „Das Gehirn trainieren geht strukturiert deutlich besser. Dafür muss das Gehirn aufgeräumt sein. Wenn ich aber nicht einmal in meinem Zimmer Ordnung halten kann und hier keine Struktur rein bekomme, wie soll das dann in meinem Kopf funktionieren?" Für Sabine kam diese Zusammenführung der Informationen einer Erleuchtung gleich. Sie nahm sich vor, mehr Ordnung und Struktur in ihr Zimmer zu bringen. Parallel sollte das auch in ihrer Schultasche und in ihren Heften geschehen. Vielleicht, so hoffte sie jedenfalls, würde es dann auch in ihrem Kopf möglich sein; inklusive strukturiertem

Lernen. Motiviert stand sie auf und setzte das Aufräumen des Gepäcks fort. Ihre Stimmung wurde jedoch auf die Probe gestellt, als ihre Mutter reinkam und die Mathenote kritisierte. Sabine nahm sich zusammen und sagte in ruhigem Ton: „Du hast Recht Mama. Ich werde alles daransetzen, um nicht noch einmal unzufrieden aus einer Mathearbeit rauszugehen." Ihre Mutter schaute ein wenig irritiert. Sie stammelte: „Gut. Ok." Damit verließ sie das Zimmer. Sabine hatte das ernst gemeint. Sie wollte versuchen, etwas zu ändern.

Am Abend war Sabine zu müde, um noch zu lesen und so legte sie sich früh schlafen. Sie musste sich erst wieder an den Schlaf-Wach-Rhythmus gewöhnen. Obwohl der Tag einige negative Ereignisse mit sich gebracht hatte, schlief Sabine mit einer inneren Zufriedenheit ein.

Die Tage verliefen schleppend. Von Tag zu Tag verlor Sabines Zimmer an Ordentlichkeit, das Lernen nahm sie sich zwar vor, aber es scheiterte zu oft an der Motivation zu beginnen und an der Konzentration länger dran zu bleiben. Ihren Kurztest bekam sie gerade so mit einer drei hin und damit war sie auch zufrieden. Nicht so gut verlief es bei Pia. Vor der ersten Stunde saß sie mit Sabine und Marie zusammen und unterhielten sich über den Test. „So eine blöde Kuh. Warum will die unbedingt eine Unterschrift unter die Note?", wollte Pia wissen. Sabine wollte gerade etwas sagen, aber Marie kam ihr zuvor: „Tja, sie möchte eben die Gewissheit besitzen, dass unsere Eltern über unsere Fehlbarkeiten informiert sind." Die drei mussten über das Nachäffen lachen. Marie redete weiter: „Aber so ist es doch echt. Sie will uns eine reindrücken. Als würden unsere Eltern jeden Test für so wichtig halten." Pia senkte den Kopf und meinte: „Meine schon. Nach der Mathenote hätte mich die 5-6 den Kopf kosten können." Sabine runzelte die Stirn und fragte: „Wie ‚kosten können'? Hast Du den Test zu Hause noch nicht vorgelegt? Wir müssen ihn heute abgeben." Pia schaute um sich, um sicher zu gehen, dass keiner mithören konnte. Leise teilte sie den anderen mit: „Ich will meinen Kopf behalten. Ich habe selbst unterschrieben." Marie und Sabine schauten ungläubig. „Echt jetzt?", fragte Marie. Pia stand auf und kramte in ihrer Tasche. Sie zog den Test heraus und zeigte ihn den anderen beiden. Diese staunten nicht schlecht, als sie die falsche Unterschrift von Pias Mutter sahen. Sabine war entsetzt und fasziniert zugleich: „Wow. Das würde ich mich nicht trauen. Was passiert, wenn das rauskommen würde?" Pia überlegte kurz: „Hmm … ich will mir das eigentlich gar nicht vorstellen." Im nächsten Moment klingelte es zur ersten Stunde. Unruhig suchten alle in der Klasse ihren Platz auf. Laut blieb es aber weiterhin und auch die drei Mädchen sprachen weiter. Allerdings wechselte Pia das Thema, da sie befürchtete, andere könnten nun etwas mitbekommen. Als Herr Herrmann den Raum betrat, wurde es ruhig. Sabine musste noch immer an die Unterschriftenfälschung denken. Marie schien es ihr anzusehen und flüsterte ihr zu: „Krass, oder?" Sabine nickte: „Ja, schon." Marie grinste: „In der Zehnten gibt es eine Johanna, die soll das schon oft gemacht haben." Herr

Herrmann begann mit seinem Unterricht. Sabine konnte ihm nicht folgen. Sie fragte sich, ob es sich lohnen würde, für den häuslichen Frieden zu Hause eine solche Lüge einzugehen. Wobei es bei einer Unterschriftenfälschung um weit mehr ging, als um eine Lüge. Nach reiflicher Überlegung kam sie zu dem Schluss, dass es das nie wert sein kann. Für sie käme es auf keinen Fall in Frage, die Unterschrift der Eltern zu fälschen. Lieber nahm sie den Ärger für eine schlechte Note in Kauf.

In der folgenden Pause erhielten Sabine, Marie und Pia eine Einladung von Paulina zu ihrer Geburtstagsübernachtungsparty. Sabine war sehr selten von anderen eingeladen worden. Ab und zu war sie mal bei Marie zu Hause. Selbst bei Pia war sie noch nie. Sie fühlte fast so etwas wie Stolz. Ein angenehmes Gefühl des Dazugehörens. Sie freute sich auf die Party, die bereits am darauffolgenden Wochenende stattfinden sollte. Die Einladung kam ziemlich spät, wie Sabine fand, aber sie hatte sowieso nichts anderes vor. Der restliche Schultag verlief ähnlich bedeutungslos wie der ganze Tag. So zumindest empfand es Sabine. Am späten Nachmittag saß sie an ihrem Schreibtisch und machte Hausaufgaben. Immer auf eine Ablenkung hoffend, quälte sie sich durch verschiedene Aufgaben. Die Ablenkung kam dann tatsächlich; und zwar in Form einer Handymitteilung. Sabine sprang förmlich auf und ging zum Regal. Das Handy lag zum Aufladen nahe der Steckdose. Sie fuhr über das Display. Sie lächelte als sie sah, von wem die Meldung gekommen war: Tom.

„Hi, wie geht's geht?"

„Gut und selbst?"

„Ja, auch. Könnte schon wieder Urlaub vertragen."

„Geht mir auch so."

„Was machst du gerade?"

„Mache Hausis. Total langweilig. Und du?"

„Grad nichts. Außer mit dir zu schreiben. Silvester war cool, oder?"

„Auf jeden Fall. Vor allem das Feuerwerk war stark."

Die beiden schrieben eine ganze Weile miteinander bis Tom zum Fußballtraining musste. Für Sabine war das ein spannender Tag. Zuerst wurde sie von Paulina auf eine Party eingeladen und später meldete sich Tom bei ihr. Sie fühlte sich gefragt. Sie blieb jedoch dabei, allein in ihrem Zimmer fühlte sie sich am wohlsten. Aber ab und zu auf eine Party zu gehen, war für sie schon etwas mehr als nur in Ordnung. Sie setzte ihre Arbeit an den Hausaufgaben fort und dachte an die Worte von Lou. Sie machte diese Hausaufgaben nun ausschließlich als Gehirntraining, um später Großes erreichen zu können. In diesem Moment war es nicht leicht, die Worte von Lou anzunehmen. Sie mochte ihm zwar glauben, aber ihr fehlte die unbewusste Überzeugung und somit die Motivation. Dennoch gelang es ihr, die Hausaufgaben fertig zu bekommen. Ihre Tasche ließ sie unberührt stehen. Sie wollte sie, wie gewohnt, erst am Morgen packen. Sie blieb nach getaner Arbeit am Schreibtisch sitzen. Ihre Gedanken kreisten um verschiedene Themen und fokussierten sich schließlich auf eine Frage oder besser auf ein Thema: „Ich habe einige gute Ideen. Von

Nika und von Tom und ich mache selbst Erfahrungen. Ich sollte das alles festhalten. Sammeln. Soll ich Tagebuch führen? Das ist doof. Nein. Will ich nicht. Vielleicht kann ich meine Gedanken und Gefühle anders festhalten." Sabine hatte die ganze Zeit einen Stift in der Hand gehabt, mit dem sie am Spielen war. Sie nahm sich ein weißes Blatt Papier und fing zu schreiben an:

Echt oder unecht
Gedanken halten mich gefangen,
möchte die Freiheit doch erlangen.
So viele Gedanken und Gefühle,
wie komme ich raus aus dieser Mühle?
Will schreien, weinen, so viel mehr,
fühl mich innerlich so arg leer.
Keiner kann mich echt verstehen,
wann wird das innere Leid vergehen?

Sabine schaute auf das Geschriebene. Sie war sich nicht sicher, ob ihr das Dichten liegen würde. Oder ob es ihr gar Freude bereiten würde. Es war ihr erster Versuch und als solches konnte sie es auch betrachten. Sie las es noch einmal, als ihre Mutter zum Abendessen rief. Bei Tisch nahm alles seinen gewohnten Gang. Es gab nur wenig zu besprechen und das Gesagte blieb sehr oberflächlich. Sabine war die erste, die fertig gegessen hatte und auch als erste den Tisch wieder verließ. Beim Verlassen des Raumes fragte ihr Vater: „Sabine, bist du bei deinen Vokabeln auf dem aktuellen Stand?" Sie musste kurz eine Antwort überlegen: „Äh, ja ich denke schon." Sie wollte sich rasch zurückziehen, doch der Vater blieb

146

dran: „Dann komm' doch in zehn Minuten ins Wohnzimmer. Ich höre dich mal wieder ab. Das haben wir lange nicht gemacht." Entsetzen machte sie bei Sabine breit. Damit war nun wirklich nicht zu rechnen gewesen. Sie wusste genau, die Vokabeln waren alles andere als sicher gelernt. Auf die Schnelle versuchte sie einige Vokabeln in den Kopf zu bekommen, damit das Donnerwetter nicht allzu groß ausfallen würde. Sie saß an ihrem Schreibtisch, und die Konzentration sprang zwischen Buch und Fluch hin und her. Einerseits wollte sie noch einige Wörter lernen, andererseits war sie sauer auf ihren Vater und diese Gedanken ließen sie nicht los. Zehn Minuten später saß sie angesäuert auf dem Sofa. Ihr Vater saß seitlich von ihr in einem Sessel. Wort für Wort fragte er ab und Wort für Wort konnte Sabine nicht beantworten. „Sag mal," begann ihr Vater, „du hast doch gesagt, du könntest die aktuellen Wörter?" Sie sah auf den Tisch und stammelte: „Die sind ja ganz neu. Die wollte ich erst morgen lernen." Ihr Vater schaute sie ungläubig an und wurde sauer: „Willst du damit sagen, dass, wenn ich die Wörter davor abfrage, du diese könntest?" Sabine sah ihre Aussichtslosigkeit. Würde sie diese Frage bejahen, könnte sie dieses bei einem Abfragen nicht bestätigen. „Ab sofort frage ich dich zwei- bis dreimal in der Woche ab." Jede Vokabel, die du nicht kannst, wirst du dreimal abschreiben." Das hatte gesessen. Wütend nahm sie ihr Buch und zog sich zurück. Sie selbst wusste nicht, was schlimmer für sie war: die Gemeinheit ihres Vaters, sie so auflaufen zu lassen oder die Tatsache, dass ihr Vater in allem Recht hatte. Ihre Leistung war schwach und das wusste sie auch ganz genau. Eine Kontrolle brauchte sie. Sie würde ihrer Lernstruktur guttun.

Als sie am Abend aus dem Bad kam und ins Bett wollte, rief ihr Vater sie ins Wohnzimmer. Ihr war bewusst, dass er ihr nicht nur eine gute Nacht wünschen wollte. Als sie eintrat, saßen ihr Vater mit ihrer Mutter zusammen auf dem Sofa. Er sprach mit ruhiger Stimme: „Sabine, ich will dir nichts Böses. Ich gebe zu, enttäuscht zu sein, da ich davon ausgegangen bin, dass du reif genug bis, allein zu lernen. Ich verlange nun nicht, dass du bis Samstag alle Vokabeln können musst, aber du solltest deutlich mehr können. Sollte dies nicht der Fall sein, wirst du nicht auf die Übernachtungsparty gehen." Sabine zeigte keine äußere Reaktion. Wortlos drehte sie sich um und verließ das Wohnzimmer wieder. Sie ging zum Fenster. Es war weit geöffnet und die Jalousien nur halb unten. Sie wollte vor dem Schlafen richtig durchlüften. Entsprechend kalt war es nun in ihrem Zimmer. Sie blieb am geöffneten Fenster stehen. Sie wünschte sich, der Schatten käme und würde sie mitnehmen und nicht mehr zurückbringen. Ihre Emotionen kochten über: Enttäuschung, Wut, Trauer und das Gefühl der absoluten Hilflosigkeit. Ihr war sehr bewusst, sie musste sich selbst besser unter Kontrolle bekommen. Das „Wie" war ihr aber nicht bewusst. Sie wollte keine Hilfe von ihren Eltern. Auch wenn ihr Vater das anders sah, wähnte sie sich selbst für reif genug. Lediglich ein paar hilfreiche Werkzeuge wären von

Nöten. Diese brauchte sie von außen, aber nicht von ihren Eltern.

Die Jalousien waren unten, das Fenster nur noch gekippt und Sabine lag in ihrem Bett. Ein kleines Licht brannte noch, da sie noch lesen wollte. Zunächst versuchte sie ihre Gedanken zu ordnen. Sie dachte nach: „Grrrrrr … maaaan. Ich muss ruhig werden. Ich brauche klare Gedanken. Ich brauche positive Gedanken. Nur so komme ich runter und entspanne mich. Hmmm … etwas habe ich mir ja doch merken können. Auch wenn es nicht die Vokabeln waren."

Sie musste mehr lernen. Dafür brauchte sie einen Plan. Den wollte sie aber nicht an diesem Abend machen. Sie nahm sich stattdessen ihr Buch und las:

‚Was ist das in meinem Kopf? So viele Gedanken. So viele verschiedene Gefühle? Ist das etwa die Pubertät? Na toll. Dann will ich sie nicht haben.' Das ist ein Ausschnitt aus meinem Tagebuch. Ich war 13 Jahre alt, als ich es schrieb. Es gehört einfach zum Erwachsenwerden dazu: Gedanken und Gefühle. Keiner sagt, dass es leicht ist. Aber jeder sagt, dass man da durch muss und jeder durchkommt. Ganz so einfach ist es dann aber auch nicht. Ein wenig Hilfe ist schon nötig. Familie und Freunde können einem helfen. Aber auch ein strukturiertes Leben, welches uns einen angenehmen Ausgleich geben kann.

Was ist das wirklich, was da in meinem Teenagerkopf vor sich ging? Wir haben zwei Phasen in unserem Leben, die wirklich magisch sind. In den ersten zwei Lebensjahren und in den zwei Jahren vor der Pubertät bilden wir im Gehirn Synapsen.

Das sind die Verbindungen, die entstehen, wenn das Gehirn etwas gelernt hat. Mit zwei Lebensjahren haben wir 125 Billionen Synapsen. Für ein Problem oder einen Weg oder eine Sache haben wir nun verschiedene Möglichkeiten. Durch Erziehung und Struktur erlernen wir nun, welchen Pfad bzw. welche Synapse wir brauchen. Die anderen werden gekappt und lösen sich sozusagen auf. Im Alter von zwei Jahren bis zu unserer Pubertät haben wir viel gelernt und entschieden, welche Synapsen wichtig sind. Doch nun haben wir die zweite Phase, in der wir neue Möglichkeiten erhalten und zunächst nicht wissen, was richtig und was falsch ist. Wieder brauchen wir von außen Unterstützung. Jetzt kommt jedoch die Pubertät hinzu, die uns mit den Hormonen das Leben nicht gerade leichter macht. Die Menschen, die uns nach der ersten „Synapsenphase" am meisten geholfen haben, finden wir nun peinlich, unwissend und ab und zu auch mal blöd: unsere Eltern. Diese Phase unseres Lebens ist mitentscheidend, was mal aus uns wird und was für Menschen wir werden.

Damals hätte ich es nie und niemandem geglaubt. Heute weiß ich, dass klare Richtlinien, klare Strukturen und somit eine klare Erziehung mir sehr weitergeholfen hätten. Ich jedoch habe dagegen rebelliert.

„Puuhhh ...," dachte sich Sabine. Das war nun schwere Kost für sie. Das Buch wurde nun etwas arg bio-chemisch. Dennoch fand sie es interessant. Es war eine Erklärung für ihr häufiges Durcheinander. Vielleicht passte da ihre Unordnung mit rein und die fehlende Motivation und anderes mehr. Die Müdigkeit übermannte sie, aber sie nahm sich noch vor, in den nächsten Tagen mehr über die Synapsen zu suchen und zu lesen. Sie löschte das Licht und war nach wenigen Minuten eingeschlafen.

In den nächsten Tagen versuchte Sabine, so viel es ging, Vokabeln zu lernen. Sie wollte unbedingt auf die Party. Als der Samstag kam, setzte sich Sabine mit ihrem Vater im Esszimmer an den Tisch. Dreißig Vokabeln wollte er von ihr wissen. Immerhin konnte sie 21 Vokabeln benennen und 15 Vokabeln waren korrekt geschrieben. Ihr Vater war natürlich nicht zu hundert Prozent zufrieden, aber er hat gesehen, dass sie in den wenigen Tagen gelernt hat. „Du musst unbedingt dranbleiben. Du weißt selbst, die Wörter müssen besser sitzen," sagte ihr Vater. Sabine stimmte ihm ehrlich zu: „Ja, ich weiß. Ich werde jeden Tag zehn Minuten für Vokabeln einplanen und wenn wir neue Wörter bekommen, werde ich zwanzig Minuten lernen." Sie ahnte aber auch, dass ihr Vater das Abfragen vergessen würde.

Am frühen Nachmittag machte sich Sabine auf den Weg zu Paulina. Sie musste zur Bushaltestelle. Marie würde schon im Bus sitzen und gemeinsam kämen sie bei der Party an. Sabine war erst wenige Meter vom Haus entfernt, da fielen Schneeflocken herab. Sie stockte; sie wusste nicht, ob das nun erfreulich war. Weihnachten war vorbei und der Skiurlaub ebenso. Sie musste kurz nachdenken, ob sie noch mehr Winter wollte. Langsam ging sie weiter und fand es gut. Sie freute sich, als die Flocken größer wurden und deutlich mehr runterkamen. Kein Mensch war zu sehen. Es war schon Routine, um sich zu schauen und zu sehen, ob ihr häufiger Begleiter irgendwo lauerte. Sie konnte ihn nicht entdecken. In den vergangenen Tagen war er lediglich in ihren Gedanken präsent. An der Bushaltestelle angekommen, stand sie allein und frierend da. Der Bus hatte etwas Verspätung und umso mehr war sie froh, als sie ihn endlich kommen sah. Nur wenige Menschen saßen drin und Sabine sah Marie sofort auf einer der hinteren Bänke sitzen. Sie begrüßten sich fröhlich und unterhielten sich darüber, was sie heute wohl noch alles erwarten würde.

Zwölf Mädchen saßen in einem Zimmer auf Stühlen, auf dem Bett und auf dem Boden verteilt. Sie lachten und hatten viel Spaß. „Pia, jetzt bist du dran. Wahrheit oder Pflicht?", fragte Paulina. Pia überlegte kurz und antwortete: „Wahrheit." Ein Kichern ging wieder durch die Runde. Paulina zog eine Karte aus einem Behälter und las vor: „Wie viele Jungs hast du schon geküsst?" Ein „uuuhhhhh" ertönte in der Runde. Pia grinste: „Nun, geht es um Jungs im Allgemeinen? Also inklusive meines Bruders? Zählen Cousins? Auch schon der Junge im Kindergarten?" Pia hatte die Spannung gekonnt aus dieser Frage herausgenommen. Während alle daran dachten, ob sie wohl in der letzten Zeit einen Jungen geküsst hatte, kam sie mit vielen Möglichkeiten, die alles andere als spannend waren. „Naja," sagte Paulina und wollte weitersprechen, doch Pia fiel ihr ins Wort: „Obwohl … eigentlich war die Frage ja eindeutig. Die Frage war ja, wie viele Jungs ich geküsst habe. Also, es dürften sechs oder sieben gewesen sein." Marie mischte sich ein: „Es ging wohl eher darum, wie viele Jungen du zuletzt geküsst hast und die nicht zur Familie gehören." Pia grinste wieder: „Tja, dann hätte die Frage anders formuliert werden müssen." Sabine fand das Spiel gar nicht mehr schön. Weder wollte sie solche Fragen beantworten, noch wollte sie etwas Peinliches machen müssen. Pia war nun an der Reihe und sie wandte sich an Hanna: „Hanna, Wahrheit oder Pflicht?" Hanna zuckte kurz zusammen und entschied sich dann auch für Wahrheit. Pia schien die Frage schon vorher im Kopf gehabt zu haben, denn ohne zu überlegen fragte sie Hanna: „Bist du schon mal ohne Unterhose in die Schule gegangen?" Ein Kichern und Lachen ging durch den Raum. „Nein," entgegnete Hanna ganz entrüstet, „natürlich nicht." Marie meinte lachend: „Wer so eine Frage stellt, muss doch schon selbst Erfahrungen gemacht haben." Pia grinste sie schelmisch an; sagte aber nichts. Nachdem sich jemand für Pflicht entschieden hatte und nur mit Schlafshirt bekleidet zu Paulinas Bruder ins Zimmer musste, der aber erst acht Jahre alt war, wollte Sabine immer weniger weiterspielen. Sie hoffte so sehr, nicht dran zu kommen, aber diese Hoffnung platzte wie eine Seifenblase, als Sarah sie ansprach: „Sabine, Wahrheit oder Pflicht?" Ihr rutschte fast das Herz in die Hose. Sie überlegte und entschied sich für Wahrheit, da sie ja notfalls lügen könnte. „Also," begann Sarah, die noch selbst überlegen musste, was sie überhaupt fragen könnte, „hast du schon mal … äh … hast du schon mal im Laden etwas geklaut?" Sabine fiel ein Stein vom Herzen. Ohne zu schwindeln konnte sie ganz ehrlich und mit gutem Gewissen antworten: „Nein, noch nie."

Das Spiel wurde bald beendet und die meisten Mädchen wollten an die Spielekonsole. Das fand Sabine nun richtig blöd. Sie schaute nur zu, wie die anderen sich immer wieder abwechselten. Irgendwann griff sie zu ihrem Handy. Nach kurzem Überlegen schrieb sie an Tom: „Hey, wie geht's? Was machst du?" Nach einigen Minuten erhielt sie eine Antwort: „Bin mit meinen Eltern im Lokal. Sorry, sie wollen nicht, dass ich schreib." Also sah Sabine weiter zu, wie die anderen am Spielen waren. Es war schon recht spät, als sie die Lust am Spielen verloren und die Konsole ausgestellt wurde. Sabine war müde und dachte, sie würden sich nun alle schlafen legen und sich noch ein wenig unterhalten. Da hatte sie aber falsch gedacht. Stattdessen wurde eine DVD eingelegt und eine Serie angesehen, die Sabine nicht kannte. Es schien so, als wäre sie die einzige gewesen, die sie noch nicht gesehen hatte. Alle anderen kannten sich aus und redeten darüber. Sie wollten versuchen, mindestens fünf Folgen am Stück anzuschauen. Sabine rechnete kurz nach und stellte fest, dass das bis mindestens drei Uhr gehen würde. Darauf hatte sie wirklich keine Lust und schloss ihre Augen. Wirklich schlafen konnte sie aber nicht. Es war einfach zu laut. Die Mädchen redeten laut, lachten und der Ton am Fernseher war ebenfalls laut. Mit geschlossenen Augen dachte Sabine nach. Sie fragte sich, was sie sich von dem Abend erhofft hatte. Sie kam zu dem Ergebnis, sich keine

154

Vorstellungen vorher gemacht zu haben und war einfach nur gespannt. Nun lag sie da, müde, nicht schlafen könnend und wusste nicht, ob es besser gewesen wäre, wenn sie für die Party einfach abgesagt hätte. Es war kurz vor vier Uhr, als es endlich ruhig wurde. Doch bereits um 9 Uhr wurde Sabine durch Geräusche wach. Andere Mädchen konnten nicht mehr schlafen und haben den Fernseher angemacht.

Völlig müde kam sie gegen Mittag nach Hause. Sie aß nur wenig mit ihrer Familie und auf Unterhaltungen stand sie überhaupt nicht. Gleich nach dem Essen ging sie in ihr Zimmer und legte sich schlafen. Mit dem Gedanken: „Dann bin ich immer eine Außenseiterin," schlief sie ein.

Showdown und Lösungsansätze

Draußen lag Schnee. Nicht sehr viel, aber doch war alles weiß. Die Temperatur hielt sich tagsüber um den Gefrierpunkt. Die neue Woche hatte begonnen und Sabine fürchtete, in der Schule würden nun alle von der Party sprechen. Zudem sollte es eine Arbeit zurückgeben, die für sie nicht so gut verlaufen war. Müde stapfte sie durch den Schnee in Richtung Bushaltestelle. Sie erschrak, als sie auf der anderen Straßenseite den Schatten sah. Ihr Herzschlag wurde schneller, ihre Muskeln verkrampften sich und Sabine blieb stehen. Irgendetwas war anders. Er schien aggressiver zu sein. Er war hektisch, sprang hin und her und seine Bewegungen

waren ungewöhnlich schnell. Sabine hatte sich vorgenommen gehabt, sich ihm mutig entgegenzustellen, wenn er das nächste Mal auftauchen würde. Doch dieses Vorhaben war schnell in Vergessenheit geraten. Sie spürte innere Furcht. Als ihre Starre nachgab, lief sie los. Zunächst ging sie schnell, doch als sie sah, wie er sie verfolgte, begann sie zu rennen. Er kam über die Straße und sie bog in einen kleinen Weg ein und entfernte sich mehr und mehr von der Bushaltestelle und von zu Hause. Sabine rannte so schnell sie konnte und dabei schaute sie sich immer wieder um. Der Schatten jagte sie durch den frühen Morgen und durch fremde Straßen. Flink wechselte er ständig die Straßenseite, schlug Haken, holte auf und ließ sich wieder etwas zurückfallen. Sabine war so in Panik, dass sie keinen klaren Gedanken fassen und sich keine Strategie überlegen konnte. Sie rannte einfach und hoffte, er würde irgendwann aufgeben. Sie merkte gar nicht, wie er darauf spekulierte, mit ihr in eine noch ruhigere Umgebung zu kommen. Er wollte sie stellen. Nicht im Traum. Nein, in der Realität. Völlig außer Atem rannte sie in ein offenstehendes Treppenhaus. Sie spürte ihren Herzschlag am Hals und schnappte immer wieder nach Luft. Die Hände auf ihre Knie gestützt, stand sie nach vornübergebeugt und schaute durch die Glasscheibe nach draußen. Sie konnte ihn nicht sehen. Sie zweifelte aber nicht daran, ihn dort draußen anzutreffen, würde sie nun wieder hinausgehen. Sie schaute sich um. In diesem fremden Treppenhaus war niemand zu sehen. Irgendjemand hatte die Türe weit aufgemacht und wohl
156

vergessen, sie wieder zu schließen. Wie lange sollte sie warten bis sie sich wieder vor die Türe trauen konnte? Sie wollte sich aber auch nicht in einem fremden Haus von Bewohnern antreffen lassen. Sabine war ratlos. Nach einer viertel Stunde hörte sie, wie sich in einer oberen Etage eine Türe öffnete und jemand die Treppe herunterkam. Eiligst, aber so leise wie möglich, ging sie die Treppe zum Keller hinunter. Sie kam an der Tiefgarage vorbei und noch eine Etage tiefer waren die Türen zu den Kellerräumen abgeschlossen. Sabine setzte sich unter die Treppe und hoffte, dort nicht entdeckt zu werden. Sie lehnte sich an die Wand und vergrub ihr Gesicht in den Armen, die sie auf die aufgestellten Knie gelegt hatte. „Was mache ich nur?", fragte sie sich. Es wollte ihr keine Idee kommen, wie sie dem Schatten entkommen sollte und sie wusste auch nicht, ob sie sich damit jemanden anvertrauen konnte. Indirekt hatte sie es ja schon getan. Im letzten Jahr hatte sie bei Lou etwas erzählt gehabt. Sie blieb sitzen, versuchte sich zu beruhigen und abzulenken. Sie spielte mit ihrem Handy. Zwischendurch lehnte sie sich nach vorne an ihre aufgestellten Beine an und schloss die Augen. Sie harrte Stunden aus. Irgendwann öffnete sie ihre Schultasche, aß und trank, was für die Schulpause gedacht war. Viel essen konnte sie nicht. Die Angst ließ keinen Appetit zu. In ihrer Vorstellung wartete der Schatten bis sich die Haustüre öffnen würde. Er käme dann rein und würde sie suchen. Hier unten hatte sie absolut keine Fluchtmöglichkeiten. Dieser Gedanke ließ sie an den Beinen und Händen zittern. Sie musste hier wieder weg. Es war inzwischen nach 13 Uhr. Fast fünf Stunden hatte sie unter dieser Treppe ausgeharrt. Leise kam sie unter ihr hervor und ging die zwei Ebenen nach oben. Sie stand an der Glashaustüre und schaute hinaus. Sie konnte ihn nicht sehen. Ihre Angst hätte sie wohl ewig da stehen lassen können, doch aus der Tiefgarage kam jemand hoch. Sabine riss die Türe auf und rannte los. Sie achtete nicht einmal auf die Richtung, in die sie lief. Natürlich hoffte sie, der Schatten wäre längst wieder verschwunden. Ein Risiko wollte sie aber nicht eingehen, daher vermied sie es stehen zu bleiben. Nach dem sie fünfzig Meter gerannt war und ihr Tempo nachließ, sprang an einem stehenden LKW der Schatten empor. Die Hände nach ihr greifend, löste er sich vom LKW. Sabine bog in eine andere Straße ab. Sie suchte nach einer großen Straße. Sie suchte Menschen. Viele Menschen. Hinter sich spürte sie ihn näher kommen. Sie spürte, wie er seine Hand nach ihr ausstreckte. Ein Geistesblitz ließ sie hoffen. Sie sah einen stehenden Bus mit geöffneten Türen. Sie rannte hin und sprang gerade rein, als dieser die Türen wieder schließen wollte. Sichtlich gehetzt ließ sie sich auf einen Platz fallen. Sie rutschte zum Fenster und wollte sehen, ob er sie weiterverfolgen würde. Weit und breit konnte sie ihn nicht entdecken. Nach einer ganzen Weile beruhigte sie sich ein wenig und versuchte sich einen Überblick zu verschaffen. Sie wusste momentan nicht, wo sie sich befand, noch in welchem Bus mit welchem Ziel sie saß. Es dauerte etwas, doch dann war ihr klar, dass sie mit diesem Bus bis zum Bahnhof fahren müsste und dort

158

einmal umsteigen, um nach Hause zu kommen. Bei dem Gedanken ‚nach Hause' erlebte sie den nächsten panischen Schub. Sie wusste nicht, was sie zu Hause erzählen sollte. Sie konnte ihr Schulschwänzen nicht verheimlichen, da sie eine elterliche Entschuldigung brauchen würde. Sabine wurde wieder sehr unruhig. Ab und zu schaute sie wieder raus, um zu sehen, ob der Bus, beziehungsweise sie, verfolgt wurde. Dem schien aber nicht so und somit konzentrierte sie sich wieder auf die Geschichte, welche sie zu Hause erzählen könnte. Ihr fiel aber nichts ein. Sie bräuchte einen Zeugen. Jemanden der den Schatten bestätigen konnte. So wie es geschehen ist, konnte sie das Erlebte nicht erzählen. Ihre Eltern würden ihr das niemals glauben und dafür hatte sie auch Verständnis. Sie würde es selbst nicht glauben, wenn ihr jemand eine so abstruse Geschichte erzählen würde.

Inzwischen war sie am Bahnhof angekommen. Vorsichtig stieg sie aus. Sie war gerade zwiegespalten. Sie hoffte ihn abgeschüttelt zu haben; sie hoffte aber auch, er käme, damit andere ihn sehen und bestätigen könnten. Auf dem Weg zum anderen Bus wurde ihr eines klar: „Ich werde nicht lügen." Sollten ihre Eltern doch glauben was sie wollten. Sie nahm sich vor, die Wahrheit zu sagen. Sie kam zeitgleich mit dem Bus an der Haltestelle an. Ein letztes Mal blickte sie sich um und stieg dann ein. Als sie Platz genommen hatte, vibrierte ihr Handy. Es war Marie. Sie wollte wissen, ob sie krank oder etwas anderes sei. Sabine antwortete kurz und teilte mit, ihr sei nicht wohl gewesen. Gerade als sie das Handy wieder in der Tasche hatte, vibrierte es erneut. Mit einem kurzen Seufzer zog sie es wieder hervor. Ihr Gesichtsausdruck erhellte sich. Es war nicht Marie, sondern Tom: „Hey, ich sitze gerade an meinen Hausis und hab keine lust. Was machst du?" Sabine begann zu tippen: „Ich sitze im bus und bin auf dem heimweg." Das Schreiben tat ihr gut. Die Ablenkung ließ sie mehr und mehr entspannen und sie bekam wieder etwas inneren Abstand zum Vormittag. Die beiden schrieben eine viertel Stunde und dann musste Sabine abbrechen, da sie aussteigen musste. Langsam schlurfend trat sie den Heimweg an. Sie fürchtete sich vor der Reaktion ihrer Mutter. Zu Hause angekommen, steckte sie den Schlüssel ins Schlüsselloch, drehte ihn um und atmete tief durch. Im Flur zog sie sich die Schuhe und Jacke aus. Sie ging auf direktem Wege ins Wohnzimmer. Ihre Mutter saß an dem kleinen Schreibtisch am Computer. Sie blickte auf und fragte gleich: „Wo warst du? Wieso kommst du so spät?" Sabine schaute sie nicht an. Ihr Blick wechselte vom Boden, an die Decke und auf das Sofa. Leise begann sie zu sprechen: „Ich … ich war nicht … also … ich war nicht in der Schule?" Ihre Mutter schaute sie ungläubig an und fuhr sie regelrecht an: „Was? Du hast geschwänzt? Wo warst du?" Es kam nun für Sabine zu einem merkwürdigen Gespräch:

„Ich konnte nicht hin."

„Was heißt, Du konntest nicht?"

„Äh, ich hatte ein Problem. Eigentlich schon länger."

„Kannst du mal Klartext reden! Ist was passiert?"

160

„Nein … ja … schon."

Sabines Mutter wurde ungeduldig. Gar sauer.

„Jetzt sprich in ganzen Sätzen. Was ist los?"

„Es ist nicht leicht."

„Was ist nicht leicht?"

„Darüber zu sprechen."

Ihre Mutter senkte ihre Stimme.

„Sabine. Bitte sag mir, was geschehen ist."

„Es ist so blöd. … So blöd."

„Auch wenn es blöd ist. Erzähle es mir."

„Ich werde verfolgt."

Ihre Mutter schreckte zusammen. In ihrem Kopf kamen Bilder von Mobbing, von einem Mann, von Klassenkameraden und vielem mehr.

„Wie meinst du das, du wirst verfolgt."

„Da ist ein Schatten. Er verfolgt mich. Schon seit einiger Zeit."

Ihre Mutter senkte kurz den Kopf. Sie überlegte. Schaute wieder auf, sah ihre Tochter an und fragte:

„Warum hast du vorher nie etwas gesagt?"

Sabine schaute sie erstaunt an. Sie hatte vieles nun erwartet, aber ganz bestimmt nicht so etwas. Kein einziges Wort des Zweifels. Sie hätte sie doch für verrückt halten müssen. Sie als Spinnerin bezeichnen müssen. Aber nichts dergleichen kam von ihrer Mutter. Überrascht antwortete sie:

„Ist das nicht offensichtlich? Ich kann wohl nicht davon ausgehen, dass mir jemand glaubt."

„Darum geht es erst einmal nicht. Wenn etwas nicht in Ordnung ist, wenn du Angst hast, solltest du immer kommen und darüber sprechen."

Sabine wusste nicht, wie ihr geschah und konnte gar nicht viel dazu sagen. Sie antwortete lediglich mit: „Ja." Ihre Mutter lächelte leicht und meinte: „Komm jetzt erst mal wieder an. Zieh dich um, bring deine Tasche ins Zimmer und wir werden später noch einmal reden, ok?" Sabine nickte ihrer Mutter erleichtert zu. In ihrem Kopf schoss nur ein Gedanke durch: „Alien." Mit einer solchen Reaktion ihrer Mutter konnte sie nicht rechnen. So sehr sie auch grübelte, sie kam auf keine Erklärung. Sie versuchte sich abzulenken. Eigentlich hätte sie ja Marie oder Pia anschreiben müssen, um zu erfahren, was sie in der Schule verpasst hatte. Doch danach war ihr nun gar nicht. Sie brauchte Ruhe und Ablenkung. Wie üblich nahm sie sich ihr Buch und wollte sich legen. Zuvor zog sie allerdings die Jalousien runter. Es war zwar noch hell draußen, aber sie wollte Ruhe und keine Angst haben müssen, er könnte da draußen lauern und jederzeit in ihr Zimmer spähen.

Sie lag auf dem Bauch und begann in der ‚Magie' zu lesen:

Die Magie des Lebens. Was ist das denn wirklich? Sind das etwa die Synapsen? Oder die Struktur? Oder was sonst? Nein, wohl kaum. Das hört sich weder magisch an, noch fühlt es sich so an. Und gerade das ist doch das Wichtige: es muss sich magisch anfühlen. Es ist sicher auch für jeden etwas anderes. Für mich ist es magisch, wenn ich ganz entspannt

meinen Tag lebe, alles reibungslos läuft, ich auf alles vorbe-
reitet bin, keine böse Überraschung über mich hereinbricht,
Freunde habe, denen ich alles anvertrauen kann … ich
möchte sagen, dass es für mich magisch ist, ein zufriedenes
Leben zu führen. Magisch ist es natürlich auch, wenn man
einen Jungen küsst. Das ist dann eine andere Form von Ma-
gie. Aber natürlich auch seine sehr schöne.
Die Magie des Lebens ist die innere Zufriedenheit. Warum
ist das magisch? Weil sie selten ist. Wir hetzen viel zu sehr
durch das Leben und sind viel zu oft mit Nichtigkeiten un-
zufrieden und stressen uns selbst. Magisch ist es auch, sich
hinzusetzen oder hinzulegen, ohne dass gleich viele Gedan-
ken durch den Kopf schießen. Die innere Stille – das ist Ma-
gie.
Es gibt so viele Interpretationen von Magie und so viele sind
auch wirklich magisch.

Sabine legte das Buch aus der Hand. Sie drehte sich auf
den Rücken und schaute an die Decke. In ihrem Kopf
arbeitete es: „Innere Stille. Das hört sich schön an. Wie
mag das sein? Absolut keine Gedanken? Wow. Geht
das überhaupt? Vielleicht schreibt sie darüber."
Sie drehte sich wieder auf den Bauch und las weiter:

Ich persönlich mag die innere Stille als magischen Moment
besonders. Wenn man mit sich, seinem Tun und seiner Um-
welt im Einklang ist, geht das fast von ganz allein. Ich mag
es aber sehr, sie jederzeit nach Belieben hervorrufen zu kön-
nen. Es ist erlernbar mit der Meditation. Für viele ist Medi-
tation etwas Religiöses. Das ist natürlich völliger Unsinn.

Natürlich gibt es religiöse Meditationen. In allen Religionen. Im Christentum beispielsweise wird es ,Gebet' genannt. Ist aber auch eine Form der Meditation.

Davon spreche ich hier überhaupt nicht. Ich meine die völlig religionsfreie Meditation. Die Stille kommt, wenn die Gedanken verzogen sind. Um die Gedanken zu kontrollieren, beziehungsweise, sie zur Seite zu schieben, muss ich mich nur auf eine einzige Sache konzentrieren. So zum Beispiel auf meine Atmung.

Ich beobachte mit meinem geistigen Auge, wie die Luft durch die Nase eindringt, in den Bauch weiterfließt und dann wieder aus der Nase ausströmt. Ich bin voll und ganz auf meine Atmung fokussiert. Ich erzwinge es nicht. Mal funktioniert es besser und mal nicht so gut. Das macht überhaupt nichts. Durch ein ständiges Üben wird es immer besser und besser. Nach spätestens einigen Wochen ist die innere Stille zu spüren; zu genießen.

Sabine wollte es sofort ausprobieren. Sie setzte sich auf und lehnte sich an die Wand. Sie schaute auf ihre Füße und konzentrierte sich dann auf ihre Atmung. Sie atmete ruhig und gleichmäßig. Sie achtete auf das Einatmen, wie die Luft in den Bauch ging und auf das Ausatmen. Beim zweiten Atemzug kamen andere Gedanken dazwischen. Sie versuchte es erneut. Wieder kam sie nur bis zum zweiten Atemzug. Sie wollte sich gerade ärgern, als sie sich an Nikas Worte erinnerte: „Ich erzwinge es nicht." Dieser Satz tat Sabine gut. Er gab ihr Ruhe. Nicht nur auf das Meditieren bezogen. Er strahlte im Allgemeinen eine angenehme und sanfte
164

Ruhe aus. Sie sagte ihn sich noch zweimal und richtete dann wieder die Aufmerksamkeit auf die Atmung. Vier Atemzüge lang lag ihr Fokus allein auf ihrer Atmung. Erst mit dem fünften Atemzug kamen andere Gedanken.

Beim Abendessen war es verdächtig ruhig. Sabine fiel auf, dass ihre Mutter und ihr Vater über Blicke kommunizierten. Sabine aß langsamer als sonst. Als alle fertig waren, räumten sie den Tisch auf. Emma ging daraufhin in ihr Zimmer. „Sabine, kommst du bitte mit ins Wohnzimmer," sagte ihr Vater. Sabine war bewusst gewesen, dass der Vormittag nicht einfach so vergessen werden würde. Sie setzte sich in einen Sessel. Die Eltern schauten sich an. Sabine wurde es mulmig zumute. Sie rechnete in diesem Moment mit allem. Ihr Vater begann: „Erinnerst du dich an das Bild, das du mal gemalt hast? Du hattest einen großen Baum auf einer Wiese gemalt. Mit einer Blume und den Himmel mit Sonne und Wolken. Weißt du das noch?" Nach kurzem Überlegen schüttelte sie den Kopf: „Nein. Ich weiß es nicht mehr." Ihre Mutter stand auf und ging an den Schreibtisch. Aus der Schublade holte sie nun eine Mappe heraus und kam zurück. Der Mappe entnahm sie eine Kinderzeichnung. Es war ein farbenprächtiges Bild und zu sehen war das, was ihr Vater eben aufgezählt hatte. Sabine bekam das Bild in die Hand und schaute es sich an. Sie selbst hatte es unten rechts unterschrieben. Erinnerungen hatte sie aber keine mehr. Es musste schon einige Jahre alt sein. Ihr Vater amtete tief durch und fing zu erzählen an: „Weißt du, dieses Bild ist für uns ein ganz besonderes. Du hattest es in deinem Zimmer gemalt gehabt. Es war Halloween. Mama hatte dir erlaubt, das Bild noch fertig zu malen. Anschließend solltest du gleich ins Bett. Es klingelte und dein Onkel kam herein. Er war auf dem Weg zu einer Halloween-Party. Er war ganz in schwarz gekleidet und hatte einen Umhang an. Mama hatte zu ihm noch gesagt, dass er nicht zu dir rein gehen sollte. Doch da war es schon zu spät. Er riss deine Türe auf, sprang rein und rief, dass er der Schatten sei und dich mitnehmen würde. Für ihn war das nur ein Spaß. Er wollte dich erschrecken und dir keine Angst machen. Du hattest aber sehr große Angst und hast geschrien und geweint. Damals haben wir einen Fehler gemacht. Ich habe ihn einfach nur rausgeschmissen. Doch wir hätten ihm das Kostüm abnehmen sollen, damit du siehst, wer das war. Wir konnten dich kaum beruhigen. In der folgenden Nacht bist du schweißgebadet aufgewacht und hast geschrien. Am nächsten Tag haben wir dir erklärt, dass das ein Kostüm war und das dein Onkel sich verkleidet hatte. Das schien alles nicht bei dir anzukommen. Du hast nur diesen Schatten gesehen und hattest ihn im Kopf. In den folgenden zwei Wochen konnten wir dich nur schwer ins Bett bekommen. Du hattest plötzlich vor so vielem Angst. Überall konnte er lauern: unter dem Bett, im Schrank oder hinter der Türe. Nach zwei Wochen hast du wieder mit Bettnässen angefangen. Da sind wir mit dir zu einem Kinderpsychologen gegangen."

Sabine bekam große Augen und meinte: „Onkel Doc. Das war Onkel Doc." Ihr Vater sprach weiter: „Ja, genau. So hast du ihn immer genannt. Du warst ein paar Mal bei ihm. Als du mit dem Bettnässen aufgehört hattest und wieder etwas besser geschlafen hast, musstest du nicht mehr hin. Aber er hatte uns noch etwas mit auf den Weg gegeben. Er war sich nicht sicher, ob du das wirklich verkraftet hast oder ob es in deinem Unterbewusstsein weiterarbeitet. Es könne sein, dass die Geschichte wieder aufsteigt. Die typischste Phase wäre zu Beginn der Pubertät. Wir wollten es von uns aus nicht ansprechen. Wir hatten gehofft, die Sache wäre erledigt. Zwischendurch hatten auch wir es verdrängt. Es tut uns leid, dass du schon länger damit zu kämpfen hast. Du musst verstehen, es ist nur eine Angst aus deiner Vergangenheit. Sie ist nicht real. Durch die Veränderungen in deinem Kopf, durch den Reifeprozess, den du gerade durchmachst, kommt das Vergangene noch einmal an die Oberfläche. Der Psychologe hatte es vorausgesehen. Es ist also nichts Unnatürliches. Du brauchst dich dafür nicht zu schämen. Wichtig ist aber, dass du akzeptierst, dass es nicht real ist. Du kannst es ihm auch sagen: Du bist nicht echt, verschwinde jetzt!" Sabine war sprachlos. Sie wusste gerade nicht, was sie sagen oder tun sollte. Sie saß da und schaute ihre Eltern entgeistert an. Dann blickte sie wieder auf das Bild. Sie erinnerte sich nicht mehr daran, es gemalt zu haben. Ihre Mutter ergriff das Wort: „Wenn du möchtest, kannst du jederzeit mit einem Psychologen darüber sprechen. Er kann dir erklären, was du tun kannst."

Sabine schüttelte heftig ihren Kopf. Sie schaute verwirrt auf den Boden. Das musste sie zunächst einmal verdauen. Vor allem konnte sie sich nicht vorstellen, sich den Schatten nur einzubilden. Er war da. Sie hatte ihn doch gesehen. „Bin ich krank im Kopf?", fragte sie sich in Gedanken. Sie stand auf und meinte: „Ich gehe in mein Zimmer." „Mach das," antwortete ihr Vater, und meinte weiter: „Wenn du noch Fragen hast oder Hilfe möchtest, kommst du einfach zu uns." Sie ging gerade zur Tür hinaus, als ihre Mutter noch anmerkte: „Natürlich bekommst du für morgen eine Entschuldigung mit." Sabine drehte sich nicht mehr um und meinte nur: „Danke." Sie konnte nicht verstehen, keine Erinnerung mehr zu haben. Ebenso wenig war es nicht nachzuvollziehen, dass ein kurzer Schreck so viele Jahre später noch solche Auswirkungen haben sollten. „Er war doch wirklich da," ging es ihr durch den Kopf.

Kapitel 5

Verstehen, begreifen, umsetzen

In den nächsten Tagen ging Sabine verwirrt durch ihren Alltag. In dieser Zeit sah sie den Schatten zwar nicht, aber immer wieder konnte sie ihn spüren. Sie fühlte sich von ihm beobachtet.

Die Schule war beendet und Sabine stieg allein in den Bus ein; Marie war wieder krank. Der Bus war zwar gut gefüllt, aber sie kam gut nach hinten durch. „Sabine," rief plötzlich jemand. Sie sah sich um und entdeckte dann Lou. Neben ihm war ein Platz frei. „Hallo," sagte sie und setzte sich hin. „Wie läuft's? Alles klar bei Dir?", wollte Lou wissen. Nach kurzem Stocken antwortete Sabine: „Ja, alles gut bei mir." Lou bemerkte sofort den Schwindel. Er wurde ernst: „Erzähl, was ist los? Du hast mir von deinem Stalker erzählt. Verfolgt er dich noch?" Sabine bekam einen starren Blick. Es war ihr sehr peinlich. Sie war verunsichert, denn sie konnte doch nicht einem Fremden erzählen, wie sie vor einem Hirngespinst wegläuft. Sie schaute aus dem Fenster. Häuser und Bäume flogen vorüber, parkende Autos und Menschen ebenso. Ihre Hände griffen fest in den Sitz. Sie musste sich schon sehr überwinden, doch das tat sie und vertraute Lou die ganze Geschichte an. Sie bekam feuchte Augen. Die Pein war groß. Lou reagierte jedoch nicht belustigt oder gar herablassend. Nachdem Sabine erzählt hatte, was der Psychologe damals gesagt haben soll, nickte Lou zustimmend und erklärte ihr: „Ja, das ist ganz selbstverständlich. Sabine, das Unterbewusstsein nimmt sehr viel Informationen mehr als das Bewusstsein auf. Jede Sekunde sind das viele Millionen einzelner Informationen. Es entscheidet über wichtig und unwichtig. Wir speichern sogar schon in den ersten Wochen unseres Lebens Dinge ab. Wir erinnern uns aber nicht mehr. Unser Bewusstsein setzt erst mit drei bis dreieinhalb Jahren ein. Somit auch unser Erinnerungsvermögen. Wenn jemand der Meinung ist, er könne sich an etwas erinnern, was er mit zwei Jahren erlebt hat, dann ist das einfach nicht richtig. Vielleicht hat er Bilder gesehen und Erzählungen gehört. Daraus hat ihm sein Unterbewusstsein ein geglaubtes Erlebnis gebastelt. Unser Unterbewusstsein speichert so viel ab und das Abgespeicherte kann sich verändern. Es kann sich vergrößern, es kann sich verstärken oder gar, wenn es ein negatives Erlebnis war, sich noch mehr ins Negative hineinwachsen. Was du mir über den Schatten erzählt hast, ist nichts Besonderes. Das ist eine durchschnittliche Geschichte. Du brauchst dich weder zu schämen, noch muss es dir peinlich sein oder was auch immer. Als kleines Kind hast du etwas Schlimmes erlebt. Später hätte man mit dir noch mal darüber sprechen sollen, damit dein Bewusstsein davon erfährt und du dir darüber bewusste Gedanken hättest machen können. Dadurch hätte innerer Stress abgebaut werden können. Nun hat dein Unterbewusstsein darauf hinweisen wollen. Da es nicht reden kann und du dich nicht mehr erinnern konntest, hat es dir den Schatten geschickt."

Sabine saß ein wenig verblüfft da. Für sie schien das noch immer sehr weit hergeholt. Sie wollte Lous Worte nicht anzweifeln, aber es fiel ihr einfach schwer, das Ganze anzunehmen. „Aber ich habe ihn doch gesehen. Wie kann das sein, dass das nicht real war?", wollte sie wissen. Lou versuchte es ihr zu erklären: „Wir nehmen mal ein Beispiel. Erinnerst du dich noch an einen Urlaub, der in etwa fünf Jahre her ist?" Sabine überlegte und nickte dann. Lou führte sein Beispiel fort: „Bestimmt könntest du mir noch einiges von diesem Urlaub erzählen. Du hast Erinnerungen und auch Bilder vor Augen. Ich wüsste aber, wie ich deine Geschichte zu nehmen hätte. Denn etwa vierzig Prozent sind reine Erfindung." Sabine schaute ihn überrascht an und meinte entrüstet: „Quatsch. Ich würde dir nur erzählen, woran ich mich noch erinnere. Ich erfinde doch nichts." Lou lächelte und reagierte auch gleich: „Doch, Sabine. Aber eben unbewusst. Alle unsere Erinnerungen verfälschen sich mit der Zeit. Wenn du eine Erinnerung wiedergeben möchtest, hilft dir dein Unterbewusstsein dabei. Wir haben in unserem Kopf nicht nur einen Bereich für Erinnerungen, sondern mehrere. Jeder Bereich steuert etwas zur Gesamt-Erinnerung bei. Die einzelnen Bereiche haben aber nicht alles abgespeichert. Sie bieten dem Zentrum nur Teilinformationen. Dort wird alles gesammelt und nun soll das Bewusstsein eine vollständige Geschichte, also eine vollständige Erinnerung erhalten. Dafür werden nun aus der Fantasie Daten entnommen und somit die Erinnerung vervollständigt. Die Informationen aus der Fantasie, entstanden im Laufe vieler Jahre durch Erzählungen, dem Fernsehen, anderem Erlebten und so weiter. Du musst verstehen, entweder wir erinnern uns nicht mehr oder aber nur teilweise. Wenn wir uns teilweise erinnern, wird die Erinnerung mit Fantasie aufgefüllt. Unser Bewusstsein bekommt Erinnerungen inklusive Bilder. Daher wollen wir es nicht glauben, dass das nicht wirklich stattgefunden hat. Auf diese Weise musst du dir den Schatten vorstellen. Du hast ihn als kleines Kind gesehen. Es war ein großer Schrecken für dich. Im Laufe der Zeit ist die wahre Erinnerung verschwommen. Zurück blieb vor allem die Abspeicherung einer Emotion: Angst. Die hat in dir gearbeitet. In deiner … nun … in deiner jetzigen Entwicklungsphase steigt diese Emotion wieder auf. Das Unterbewusstsein möchte darauf aufmerksam machen und hat die echte Erinnerung des Schattens mit falschen Erinnerungen aus der Fantasie kombiniert. Das steigt nun in dein Bewusstsein auf. Wie eine Erinnerung an einen Strandurlaub, sind die Bilder des Schattens in deinem Kopf. Du kannst den Strand regelrecht sehen. Ich aber nicht. Du kannst den Schatten sehen. Ich aber nicht. Verstehst du, dein Unterbewusstsein hat einen Hilferuf gesendet. Es möchte dir nichts Böses. Du darfst nie vergessen, das Unterbewusstsein ist Teil von dir. Ihr seid sozusagen eine Einheit. Aber wenn du es nicht verstehst, bekommst du Hinweise, die du nicht deuten kannst. Bei vielen Menschen äußert sich das auf körperlicher Ebene mit Schmerzen. Sabine, setze dich mit dem Erlebten auseinander und gib deinem Unterbewusstsein, also dir selbst, zu verstehen, dass das damals für die kleine Sabine ganz furchtbar war. Heute aber weißt du und verstehst du, dass das nur ein blöder Scherz von deinem Onkel war. Du bist dankbar für den heutigen Hinweis deines Unterbewusstseins, aber ihr könnt es nun abhaken und vergessen. Es ist erledigt. Mit diesen neuen Gedanken wird sich dein Gedankenkonstrukt im Unterbewusstsein verändern und somit die inneren Einstellungen zum Schatten und der Angst." Sabine zog die Augenbrauen hoch und wusste nichts darauf zu sagen. Es kam ihr schon sehr fremdartig vor. Das war alles sehr neu für sie. Es klang einerseits nachvollziehbar – andererseits aber auch gar nicht. Darüber würde sie erst einige Male nachdenken müssen, um das alles verarbeiten zu können. Dennoch fand sie das sehr spannend.

„Mist. Ich muss schon aussteigen. Vielen Dank Lou. Danke," sagte sie. Er lächelte sie an: „Jederzeit gerne. Wenn Du Fragen hast, du weißt ja, in welchem Bus du mich findest." Beide mussten lachten.

Sabine stieg aus. Die Sonne schien und ließ die wenigen Grade über Null gar nicht kalt erscheinen. Nachdenklich ging sie nach Hause. Das, was ihr Vater vor einigen Tagen erzählt und Lou nun eben vertieft hatte, musste sie zuerst einordnen. Sie schaute auf lachende Kleinkinder, die mit ihrer Mutter an ihr vorübergingen. Sie musste daran denken, was sie wohl alles erleben, was in einigen Jahren negativ in Erscheinung treten könnte. Ehe sie sich darüber Gedanken machen konnte, kam sie zu Hause an. Es war keiner da. Ihre Mutter war mit Emma bei einem Arzttermin. Sabine zog bequemere Kleidung an, aß etwas und setzte sich auf ihr Bett. Sie sah sich um. Auf dem kleinen Sofa flogen Kleidungsstücke rum, der Schreibtisch war voll mit Büchern, Papieren, Stiften und allerhand Kleinigkeiten, am Boden lagen Socken und Papierschnipsel herum, leere Wasserflaschen standen im Zimmer verteilt, ihre Schultasche lag geöffnet am Boden und einiges war herausgerutscht. „Chaos", schoss es ihr durch den Kopf. „Ich muss mich ordnen. Ich sollte mit dem Zimmer anfangen." Sie hatte schon häufiger ihr Zimmer aufgeräumt, aber es war das erste Mal, dass das Chaos sie selbst störte. Für sie selbst war es ein komisches Gefühl. Ihr gefiel plötzlich die Unordnung überhaupt nicht mehr. Sie stand wieder auf und setzte sich an den Schreibtisch. Nachdem sie sich einen kurzen Überblick verschafft hatte, begann sie mit dem Aufräumen des Tisches. Es verging eine halbe Stunde bis der Tisch vom Chaos befreit war. Als nächstes sammelte sie Kleidungsstücke ein. Entweder sie kamen in den Schrank oder sie brachte sie ins Bad zur schmutzigen Wäsche. Nach und nach kam Ordnung in ihr Zimmer. Als alles aufgeräumt war, holte sie einen kleinen Eimer Wasser mit Lappen und Trockentuch. Sie wischte zunächst den Staub, um anschließend mit dem Trockentuch noch einmal drüber zu fahren. Auf den Regalen, auf dem Schreibtisch, der Fensterbank, überall wurde das Zimmer vom Staub befreit. Abschließend saugte sie den Boden. Kurz bevor sie fertig wurde, öffnete sich die Türe.

174

Sabine bemerkte es zunächst gar nicht durch den lauten Staubsauger. Im Augenwinkel sah sie eine Bewegung und zuckte zusammen. Sie wich einen Schritt zurück und drehte sich um. Ihre Mutter stand in der Türe und fragte: „Was ist denn hier los? Bekommst du Besuch?" Sabine sah ihre Mutter an. Ohne den Staubsauger auszumachen antwortete sie: „Nein. Ich mache nur sauber."

Die Zeit war schnell vergangen und draußen wurde es bereits dunkel. Sabine ließ die Jalousien runter und setzte sich an ihren Schreibtisch. Sie begann mit ihren Hausaufgaben. Matheaufgaben mussten erledigt werden, in Englisch gab es einen grammatikalischen Lückentext zu füllen und in Geschichte musste sie eine Seite im Buch lesen und die Inhalte wiedergeben können.

Am späten Abend lag sie müde im Bett. Schlafen konnte sie noch nicht. Das Gespräch mit Lou ging ihr durch den Kopf. Sehr verunsichert fragte sie sich, ob sie gegen den Schatten ankämpfen oder ihn einfach nur ignorieren sollte. Sie begann mit ihm zu sprechen: „Du bist nur in meinem Kopf. Du bist nur ein Hirngespinst. Du hast deine Bedrohlichkeit verloren. Du bist nur eine böse Erinnerung." Für Sabine schien es ein guter Weg zu sein, den Kontakt mit ihm aufzunehmen. Ihn anzusprechen und ihm klar zu machen, nicht real zu sein. Dabei war ihr sehr bewusst, dass es an sie selbst, beziehungsweise an einen Teil in ihrem Unterbewusstsein gerichtet war. Nach dieser ersten Kontaktaufnahme spürte sie ein Gefühl von Zufriedenheit. Es tat gut, ihn verabschieden zu können. Dennoch wusste Sabine auch, dass es das noch nicht endgültig gewesen war. Er würde bestimmt nicht so einfach verschwinden. Der Gedanke hing an ihrem heutigen Aufräumen. Sie verstand nicht, wieso sie das Chaos plötzlich selbst gestört hatte. Es hatte sich doch nichts von jetzt auf gleich geändert gehabt. Nach und nach nahm die Müdigkeit immer mehr zu. Die Augen fielen ihr zu. Die Nacht war für Sabine wenig entspannend. Sie träumte viel und ihr Bewegungsdrang war groß. Sie drehte sich viel, warf die Decke aus dem Bett und als sie am nächsten Morgen vom Wecker aus dem Schlaf gerissen wurde, fühlte sie sich sehr platt. Ermattet verlief die morgendliche Routine. Als sie später vor die Türe in den frischen Februarmorgen trat, lief es ihr kalt von den Schultern, den Armen und dem Rücken herunter. Sie wollte am liebsten wieder zurück ins Bett. Auf dem Weg zum Bus sah sie die vielen gleichen Gesichter, wie sie ihr beinahe jeden Morgen begegneten. Die gleichen Erwachsenen, wie sie zur Arbeit gingen und die gleichen Kinder, die auf dem Weg in den Kindergarten oder in die Schulen waren. Sabine wurde in dem Moment eines bewusst: sie alle waren gerade in ihrem routinierten Alltag. Doch beinahe alle hat darüber hinaus einen schweren Rucksack mit allerlei Problemen darin zu tragen. Aber keinen kümmerte es. Die anderen Menschen interessieren sich nicht dafür. Sie erwarten das routinierte Handeln. Sie selbst schloss sich da nicht aus. Sie dachte an ein paar Leute. Sie hatte sich noch nie Gedanken darüber gemacht, ob einer ihrer Lehrer oder einer ihrer

176

Mitschüler Probleme haben könnte. Abgesehen von Marie hatte sie noch nie jemanden gefragt, ob alles in Ordnung wäre. Viele Menschen nutzten es als Floskel, so wie man auf der Straße den Nachbarn fragte, ob es ihm gut ginge. Eine wirkliche Antwort möchte man doch im Grunde gar nicht hören. Sabine war inzwischen an der Bushaltestelle angekommen und ihre Gedanken hielten am Thema fest. Sie musste lernen, zweigleisig zu fahren. Der Alltag musste nach außen hin routiniert verlaufen und doch musste sie nebenbei ihren Rucksack bearbeiten, damit er leichter werden würde. Sie sah in die Gesichter der anderen Wartenden. Sie fragte sich, was in ihren Köpfen gerade vor sich ging. Schliefen sie gedanklich noch? Oder waren sie bei ihrer Arbeit oder in der Schule? Oder aber waren sie, wie sie selbst, mit einem Problem beschäftigt? Und wenn es ein Problem war, was für eines werden sie wohl gehabt haben? Bevor sie auf mögliche Ideen kam, fuhr der Bus vor. Sie reihte sich brav ein und stieg hinter einem kleineren Schüler ein. Im Bus wartete bereits Marie und ihr gelang es, Sabine wenigstens ein wenig abzulenken. Nach der halben Fahrt waren die beiden am Kichern und Herumalbern. Kurz vor der Ankunft kamen die beiden richtig in ihrem Alltag an, als Marie wissen wollte: „Sag mal, hast du Mathe gemacht?" Sabine verzog das Gesicht und meinte „Naja, teilweise. Einiges habe ich nicht verstanden." Auf dem Schulhof trafen sie sich wieder mit Pia.

Ausgerechnet im Matheunterricht beschlich Sabine ein merkwürdiges Gefühl. Sie fühlte sich kurzzeitig beobachtet. Sie schaute sich in der Klasse um, aber keiner der Klassenkameraden schien Notiz von ihr zu nehmen. Also wanderte ihr Blick aus dem Fenster. Ob der Schatten da war? „Du bist nicht echt," flüsterte sie in Gedanken. „Möchtest du lösen, Sabine?", fragte Herr Haller. Sie reagierte nicht gleich und bekam einen Hieb in die Seite von Marie. Erschreckt schaute Sabine nach vorne. „Ich weiß es nicht," sagte sie kleinlaut. Um sie herum wurde gelacht. Vor allem die Jungs fanden es sehr witzig. Den Rest der Stunde versuchte sich Sabine auf den Unterricht zu konzentrieren.

Mit der Schulglocke, die zur großen Pause läutete, sprangen die ersten gleich auf und Marie und Sabine begannen zu sprechen. Das Gespräch wurde jedoch jäh unterbrochen und Sabine zuckte auf, als Herr Haller sie ansprach: „Sabine, kommst du mal bitte mit." Marie schaute ihre Freundin an, presste die Lippen aufeinander und zog die Augenbrauen hoch. Langsam erhob sich Sabine von ihrem Stuhl und folgte ihrem Mathelehrer nach draußen. Auf dem Flur suchte und fand ihr Lehrer eine Fensternische, in die er sich stellte. Sabine stellte sich zu ihm und schaute ihn verunsichert an. „Was sollen wir mit dir machen?", fragte sie Herr Haller und sprach weiter: „Sabine, du könntest viel mehr leisten. Warum wehrst du dich?" Sie sah ihn an und wusste nicht, was er meinte. „Wogegen wehren?", fragte sie ihn. „Du kannst doch mehr. Aber du zeigst es nicht. Wo bist du gedanklich nur immer? Dem Unterricht folgst du häufig nicht, die Hausaufgaben sind selten vollständig und die schriftlichen Noten sind nun

178

wirklich nicht berauschend. Wenn du nicht in der Lage wärst, den Stoff zu verstehen, würde ich dir Nachhilfe empfehlen. Aber das ist es nicht. Warum wehrst du dich gegen die Mathematik?" Ratlos stand sie da. Darauf hatte sie keine Antwort. Sie stammelte nur ein paar Worte: „Ich weiß nicht. Ich … weiß nicht." Sie hoffte, das peinliche Gespräch würde bald beendet sein. Sie hoffte, er würde nun gehen. Die Hoffnung war umsonst. Er sah ihr in die Augen und sprach weiter: „Du weißt es nicht? Stimmt das auch? Wenn dem so ist, solltest du es herausfinden und wenn du es weißt, solltest du etwas ändern. Es entstehen so viele Lücken, die irgendwann nicht mehr so einfach zu schließen sein werden. Und du weißt, in der Mathematik baut sich alles aufeinander auf. Ich möchte dich nicht bloßstellen, aber ich werde dich in der nächsten Zeit mehr fordern. Ich werde dich häufiger drannehmen." Sabine war sprachlos. Das empfand sie als äußerst gemein. Natürlich würde er sie bloßstellen; daran zweifelte sie nicht. „Tu was, Sabine." Mit diesen Worten ging er Richtung Lehrerzimmer. Sauer drehte sich Sabine um. Im Klassenzimmer wollte Marie sofort wissen, was er wollte. „Er will mir eine reindrücken. Er will mich im Unterricht auflaufen lassen," gab Sabine grimmig von sich. Marie schaute sie entgeistert an: „Echt?"

Nachmittags saß Sabine am Schreibtisch. Von allen Seiten kamen ihrer Meinung nach die Tiefschläge. Weder konnte sie nun Hausaufgaben machen, noch einen klaren Gedanken fassen. Sie war sauer, verwirrt, enttäuscht und einfach nur überfordert. Tränen liefen über ihre Wangen. Nach den ersten Tränen konnte sie es nicht mehr halten und sie weinte richtig los. Sie verbrauchte einige Taschentücher, seufzte und ließ sich gehen. Sie stand auf und legte sich ins Bett. Drehte sich von einer Seite auf die andere. Setzte sich wieder auf, um sich die Nase erneut zu putzen. Sie wusste selbst nicht, was sie in diesem Moment gerne gehabt oder gebraucht hätte. In Selbstmitleid zerfließend schluchzte und weinte sie.

Sie brauchte eine ganze Weile, um sich wieder einigermaßen zu erholen. Nach einer Stunde brannten ihre Augen, sie hatte ein rotes Gesicht und holte mehrmals tief Luft.

So anstrengend es für sie gewesen sein mag, so reinigend war es auch. Sie beruhigte sich immer mehr und auch ihre Gedanken fanden Ruhe. „Ich brauche etwas Positives," dachte sie. Lesen wollte sie nun aber nicht. Dafür waren ihre Augen zu müde. Sie nahm ihr Handy und schaute sich lustige Clips im Internet an. Ihr Herz öffnete sich wieder und sie konnte schmunzeln und das ein oder andere Mal auch lachen. Nach nur einer Viertelstunde legte sie das Handy wieder zur Seite. „Er hat Recht. Ja. Er hat Recht." Sabines Gedanken waren klar und deutlich. Sie musste an die Aussagen ihres Mathelehrers denken. Er meinte es nicht böse. Er wollte sie wirklich unterstützen. Doch sie konnte es nicht erkennen. Jetzt, da ihre Gedanken sich beruhigt hatten, konnte sie vieles wieder klarer betrachten. „Warum wehre ich mich? Was ist der Grund?" Sie dachte darüber nach. Sie bemerkte, wie sie bislang alles einfach auf sich zukommen ließ. Die Klassenarbeiten, das Chaos und die Meinungsverschiedenheiten mit ihren Eltern. Nie fragte sie sich, was auf sie zukommen würde, wie sie es anzugehen habe und womit sie zu beginnen hätte. Sie war wieder bei einem für sie recht neuem Thema angekommen: Zielsetzungen. Sabine nahm sich vor, Ziele zu setzen. Zudem wollte sie sich eine Wegschreibung überlegen. Die Ziele und die Wegbeschreibung wollte sie strukturiert angehen. Allerdings wusste sie nicht, wie sie das anfangen sollte.

Alles in ihr sprach dagegen, aber vielleicht hatte Nika Recht und ihre Eltern waren gar nicht so furchtbar, wie sie es sah. Es könnten tatsächlich ihre Synapsen und ihre Pubertät sein, die sie das glauben lassen könnten. Dennoch wollte sie sie nicht um Rat fragen. „Lou!", fiel ihr plötzlich ein. In zwei Tagen würde sie ihn wohl wieder im Bus treffen. Bis dahin wollte sie sich Ziele setzen. Mit diesen Gedanken wurde ihre Einstellung ein ganz klein wenig verändert. Es würden noch einige Impulse nötig sein, bis sie es wirklich verinnerlicht haben würde, aber die Richtung war nun vorgegeben.

Diese neuen Gedanken verschafften ihr einen Energieschub. Sie stand wieder auf, um sich an den Schreibtisch zu setzen und mit ihren Hausaufgaben anzufangen. Leicht fielen sie ihr nicht. Die Augen brannten noch immer vom vielen Weinen und sie war etwas erschöpft. Dieser kleine Zusammenbruch war kräftezehrend.

Zwei Tage später hatte sie wieder Mathe. Sabine hatte sich als kleines Ziel gesetzt gehabt, dass Herr Haller eine positive Veränderung wahrnehmen sollte. Die ganze Stunde über war sie nicht einmal abwesend. Sie folgte dem Unterricht, auch wenn sie nicht immer alles verstand. Bei der gemeinsamen Hausaufgabenkontrolle meldete sich einmal und wurde auch drangenommen. Zu einem späteren Zeitpunkt kam sie mit dem Thema nicht zurecht und auch wenn es für sie unüblich war, meldete sie sich, um nachzufragen.

Am Ende der Stunde, als Herr Haller das Zimmer verließ, trafen sich seine und Sabines Blicke. Er nickte ihr zu, als sollte es heißen: „Ja, Sabine, ich habe es bemerkt. Du hast dir wirklich Mühe gegeben."

Sie war zufrieden. Es gab ihr ein gutes Gefühl. Marie stupste sie an: „He, will da jemand eine Streberin werden? Oder meintest du das damit, als du sagtest, er wolle dich fertig machen?" Marie lachte und Sabine verzog das Gesicht und schnitt eine lustige Grimasse. Noch während der Pause überarbeitete Sabine ihre Zielsetzung. Das, was sie in Mathe geschafft hatte, wollte sie nun zwei Wochen lang in allen Fächern durchziehen. Würde sie es zu 90 Prozent schaffen und den Erfolg spüren, sollten weitere zwei Wochen folgen.

Am Nachmittag trat sie aus der Schule. Diesen Schultag fand sie gar nicht so lang wie in den ganzen Monaten zuvor. Sie quälte sich nicht von Stunde zu Stunde und durchlebte sie irgendwie, sondern sie arbeitete gedanklich mit und floss somit mit dem Strom und bemerkte dadurch nicht, wie schnell die Zeit verging.

Als sie in den Bus einstieg, hoffte sie so sehr, Lou anzutreffen. Sie stieg die wenigen Stufen hoch, zeigte dem Fahrer ihre Monatskarte und gleichzeitig suchten ihre Augen das Innenleben des Busses ab. Auf dem angestammten Platz saß Lou und sah aus, als würde er bereits auf sie warten. Mit einem freudigen „Hi" setzte sie sich zu ihm. „Sorry, den Platz habe ich heute reserviert gehabt," sagte Lou leicht peinlich berührt. Nun war es Sabine, die verlegen wurde und sich entschuldigend vom Platz erhob. Da lachte Lou auf und meinte: „Natürlich nur für dich!" Sabine brauchte eine Sekunde, dann boxte sie ihn auf den Oberarm und sagte lachend: „Blödmann."

Der Bus fuhr los und Sabine brachte es gleich auf den Punkt: „Ich brauche noch mal deine Hilfe. Du hattest mal von Zielsetzungen gesprochen. Das habe ich nun gemacht. Ich habe Ziele, weiß aber nicht, wie die Wegbeschreibung aussieht. Außerdem will ich beides strukturiert angehen. Was soll ich tun?" Lou neigte seinen Kopf ganz leicht nach links und antwortete: „Nun, eine Komponente fehlt noch. Die Konsequenz. Du brauchst klare Konsequenzen." Sabine zog die Augenbrauen zusammen: „Wie jetzt? Ich soll mich bestrafen?" Lou schmunzelte: „Mitnichten. Nein. Ich habe nicht von Strafen gesprochen. Es geht um Konsequenzen. Ziele sollten klar formuliert und überprüfbar sein. Wenn ich meine Ziele erreicht habe, erhalte ich eine positive Konsequenz. Erreiche ich sie nicht, bekomme ich eine negative Konsequenz. Dabei geht es nicht um Bestrafung, sondern um eine Lehre. Die Konsequenz ist eng mit der

Zielsetzung verbunden." Sabine verstand noch nicht ganz und fragte daher: „Kannst du mir bitte ein Beispiel geben?" Lou nickte: „Klar. Du hast dir vorgenommen, in den nächsten sechs Wochen pünktlich ins Bett zu gehen, täglich eine Stunde zu Hause etwas für die Schule zu tun und in allen Vokabeltests besser als eine ‚drei' zu schreiben. Ziel ist es, 90 Prozent zu erreichen. Hast du nun diese 90 Prozent oder mehr erreicht, hast du dir die positive Konsequenz verdient. Die wurde, wie gesagt, gleich zu Beginn festgelegt. Zum Beispiel darfst du nun im zweiten Abschnitt, also in den nächsten sechs Wochen, ein Wochenende komplett lernfrei gestalten. Bleibst du aber unter den 90 Prozent, hast du dir die negative Konsequenz verdient. Dabei ist der Begriff ‚verdient' nicht ironisch gemeint. Du lernst schließlich etwas aus der Konsequenz. Nehmen wir an, die 90 Prozent wurden nicht erreicht, weil du bei einem oder zwei Vokabeltests das Ziel nicht erreicht hast. In den nächsten sechs Wochen würdest du nun jeden Tag acht oder zehn Minuten extra aufwenden, in denen du dich ausschließlich den Vokabeln widmest. Oder aber du schreibst einen Aufsatz mit dem Thema ‚Warum erreiche ich meine Ziele nicht?'. Was bringt dir das? Ich werde es dir erklären. Du setzt dich mit einem Problem auseinander. Du beschäftigst dich damit. Du erhältst eine neue Sichtweise. Vielleicht sogar eine Übersicht." Sabine wirkte etwas nachdenklich. „Ok. Verstehe." –
„Gut," sagte Lou, „als ersten Schritt setze dir das langfristige Ziel, zum Beispiel den Schulabschluss, ein mittelfristiges Ziel, zum Beispiel dieses Schuljahr, und

immer wieder kurzfristige Ziele, die jeweils vier bis sechs Wochen gehen. Der zweite Schritt sind die Konsequenzen und der dritte Schritt ist die Wegbeschreibung. Was ist zu tun, damit du diese Ziele erreichen kannst?" Sabine überlegte kurz und zuckte dann mit den Schultern: „Hmm … was bringt mir eine Wegbeschreibung, wenn ich sie sowieso nicht umsetze?" Lou zog seine linke Braue hoch: „Warum solltest du sie nicht umsetzen? Du hast doch mit deinem Schulabschluss ein tolles Ziel." Das Gesicht verziehend antwortete sie: „Weil ich mich nicht wirklich hinsetze und lerne. Ich schiebe es den ganzen Tag vor mir her und am Ende habe ich maximal das Nötigste getan." Lou hob seine nach oben geöffneten Händen, als wollte er sagen ‚siehst du, so ist es'. Sie schaute ihn fragend an und er gab sofort die Antwort: „Dafür hast du die sechswöchigen Abschnitte. Im ersten Abschnitt musst du dir also als Ziel setzen, eine Lösung dazu finden, wie du dich hinsetzt und täglich etwas für die Schule machst. Ich gebe dir ein Beispiel. Natürlich musst du es erst selbst rausfinden, aber vielleicht kommt das ja so hin: du arbeitest pro Woche sieben bis acht Stunden für die Schule. Dabei lässt du ein Wochenendtag komplett frei, damit dein Gehirn verarbeiten und regenerieren kann. Du erstellst dir einen ungefähren Zeitplan, wann du diese Lernzeit unterbringen willst. Du machst dir bewusst, dass, wenn du diese Zeit gelernt hast, dir der restliche Tag gehört und du dich mit dem Thema ‚Schule' nicht mehr auseinandersetzen musst. Zusätzlich nimmst du dir ein leeres Heft oder ein Buch zum

Reinschreiben und schreibst vorne groß ‚Erfolgsjournal' drauf. Jeden Abend schreibst du fünf Punkte auf, was dich an diesem Tag vorangebracht hat, wo du erfolgreich warst, was positiv verlaufen ist und so weiter. Auch das gehört zum ersten Abschnitt. Verstehst du?" Sabines Mundwinkel gingen ein kleines Stück nach oben: „Ja, ich denke schon. Ich werde gleich heute meine Ziele noch einmal aufschreiben. Ich überlege mir Konsequenzen und schaue mir die Wegbeschreibung an." Lou grinste: „Sehr gut. Und jetzt steig aus oder willst du etwa mit zu mir?" Sabine stockte und wurde leicht rot: „Äh nein, … was? Achso. Oh." Sie stand auf und nahm ihre Tasche: Vielen Dank. Du hilfst mir echt." Lou grinste wieder und zwinkerte ihr zu: „Ich weiß. Mach's gut. Bis zum nächsten Mal." Gut gelaunt stieg Sabine aus. Sie betrachtete Lou zum einen als eine Art Freund und zum anderen als einen Coach.

Alles nach Plan

Auf dem Fußmarsch nach Hause überraschte sich Sabine selbst. Auf der anderen Straßenseite entdeckte sie an einer Hauswand ihren Verfolger. Sie blieb stehen und drehte sich zu ihm hin. Leise flüsterte sie: „Du gehörst in vergangene Fantasien. Du bist und warst nie echt. Du darfst gehen. Ich lasse dich ziehen." Sie lachte kurz auf und setzte ihren Heimweg fort. Entspannt trat sie zu Hause ein. Nach altem Muster zog sie ihre Schuhe aus und warf ihre Jacke an den Haken. In
186

diesem Moment dachte sie wohl eher weniger an Struktur und Ordnung. Mit ihrem klassischen ‚Hallo' ging sie durch den Flur. Es kam aber keine Reaktion. Sie sah sich im Wohnzimmer und in der Küche um. Es war niemand da. Sie schaute in das Zimmer ihrer Schwester. Emma saß auf dem Boden und spielte. „Wo ist Mama," fragte Sabine. Emma schaute auf: „Sie wollte kurz etwas einkaufen. Kommt bald wieder." Hungrig suchte Sabine den Kühlschrank auf. Sie nahm sich ein Joghurt und eine Scheibe Wurst. Zuerst aß sie die Wurst und öffnete dann den Becher. Sie nahm sich einen Löffel aus der Schublade und setzte sich ins Wohnzimmer auf das Sofa. Die Beine ausstreckend, begann sie ihren Joghurt zu essen. Sie ließ den Kopf nach hinten sinken und schloss die Augen. Sie dachte an das Dichten und begann zu reimen:

Schatten sind nur Schatten;
sind harmlos und ohne Macht.
Feige wie die Ratten,
die nur kommen in der Nacht.
Ich bin befreit von dieser Angst,
kann wieder glücklich leben.
Die Energie, die du von mir trankst,
wird sich von nun an widerstreben.
Mein Leben werde ich nun planen,
so wunderbar wird es bald sein.
Entspannung spür' ich in meinen Organen,
von nun an gibt es Sonnenschein.

Sabine musste kurz kichern. Sie fand es ziemlich albern, was sie da gedichtet hatte. Sie löffelte den Rest aus dem Becher heraus und wollte gerade wieder aufstehen, als ihre Mutter nach Hause kam. Sie grüßten sich und während die Mutter in die Küche ging, verschwand Sabine in ihrem Zimmer. Als sie eintrat, war sie kurz von sich selbst überrascht, denn das Zimmer war noch immer als fast ordentlich zu bezeichnen. Das Bett war nicht gerichtet, auf dem kleinen Sofa lagen zwei Kleidungsstücke und auf dem Schreibtisch lagen zwei Hefte und ein Buch durcheinander. Ansonsten war es im Zimmer aufgeräumt.

Sabine setzte sich an ihren Schreibtisch und sah sich an, welche Hausaufgaben sie bis zum folgenden Tag zu erledigen hatte. Innerhalb einer halben Stunde hatte sie sie fertiggestellt. Weitere Hausaufgaben verschob sie entweder auf später oder gar auf den folgenden Tag. Sie wollte nun unbedingt mit einer genaueren Planung beginnen. Sie nahm sich ein leeres Blatt und einen Stift. Sie setzte ihn gerade an, als ihr Handy sich meldete. Den Stift ablegend nahm sie sich das Handy und las Toms Name. Sie öffnete die Nachricht: „Lange nichts mehr gehört. Wie läuft's?" Sabine antwortete ihm: „Ganz gut. Und selbst? Bin gerade sehr beschäftigt. Melde mich in etwa einer Stunde." Schon lag das Handy wieder auf dem Tisch. Wieder setzte sie zum Schreiben an und wieder vibrierte ihr Handy. Sie nahm es und schmiss es aufs Bett. Sie wollte nun wirklich wissen, wohin ihre Reise gehen sollte. Sie begann zu schreiben:

| Großes Ziel: | Abitur mit mindestens 2,5 |
| Zwischenziel: | Schuljahr: max. eine Vier; Mathe eine Drei; Schnitt 3,0 |

Etwas komplizierter war es für sie, den ersten Abschnitt festzulegen. Sie musste eine Weile überlegen ehe sie das Schreiben fortsetzte:

6 Wochen-Ziel:	Zimmer jeden Abend ordentlich täglich im Schnitt 50min für die Schule aufbringen Vokabeltests besser als 3,0 während des Lernens kein Handy spätestens um 21.30 Uhr das Licht abends ausmachen und schlafen
pos. Konsequenz:	lernfreies Wochenende mit Kinobesuch
neg. Konsequenz:	2 Seitentext: ‚Wo liegen meine Probleme?'

Als nächstes machte sich Sabine an die Wegbeschreibung. Wie bekam sie die Ziele für die nächsten sechs Wochen auf die Reihe?

Als erstes schrieb sie einen großen Zettel: „Hast Du schon aufgeräumt?" Diesen hängte sie sich über ihr Bett, damit sie nie in einem unordentlichen Zimmer schlafen gehen würde. Einen weiteren Zettel hängte sie an ihren Schreibtisch. Auf ihm stand: „Wo ist Dein Handy?" Sie hatte sich vorgenommen, es beim Lernen immer ins Wohnzimmer oder in den Flur zu legen, damit sie erst gar nicht verführt werden konnte. Es widerstrebte ihr schon arg, den nächsten Punkt anzugehen. Sie wollte die Vokabeltests besser als 3,0 schreiben. Die beste Idee dafür, um wirklich regelmäßig die Wörter zu lernen, die ihr einfiel, war ihr Vater. Sie würde ihn fragen, ob er sie zwei- bis dreimal pro Woche abfragen könnte.

Der Punkt mit dem Schlafen wollte sie einfach so ausprobieren. Sie ging davon aus, dass sie das ohne Hinweis oder Unterstützung hinbekommen würde.

Damit war der erste Schritt erledigt. Sie war zufrieden mit sich. Nun galt es natürlich, sich an den Plan zu halten. Sie überlegte sich nun noch Motivatoren und schrieb sie auf:

1. *Ich trainiere mein Gehirn, damit ich später erfolgreich sein kann.*
2. *Mit Struktur bin ich ausgeglichener und lerne besser.*
3. *Ich bekomme bessere Noten und das freut mich.*
4. *Weniger Stress mit Mama, Papa und der Schule.*
5. *Ich werde selbstbewusster.*

Ihre Mutter rief bereits zum Abendessen. Sie hatte gar nicht bemerkt, wie die Zeit verlief. Beim Abendessen tat sie sich schwer und formulierte in ihren Gedanken ihre Anfrage immer wieder um. Emma hatte ihrem Vater gerade erzählt, was sie heute auf dem Heimweg erlebt hatte. Als sie fertig war, machte es Sabine kurz und bündig: „Papa, könnten wir es fest einrichten, dass du mich drei Mal pro Woche die Vokabeln abfragst?" Ihre Eltern sahen sich an, dann wendete er sich seiner Tochter zu: „Natürlich. Wir müssen nur schauen, an welchen Tagen wir das machen." Sabine wusste nicht, ob sie sich erleichtert fühlen oder sich bedauern sollte. Sie zwang sich damit in eine Lage, die sie zum Lernen nötigte. Doch genau das war auch ihr Ziel gewesen.

Später lag sie im Bett. Sie schaute auf die Uhr. Sie hatte noch Zeit zum Lesen. Sie wollte noch am gleichen Tag ihre eigenen Regeln einhalten. Dazu gehörte es, pünktlich zu schlafen. Die Ordnung im Zimmer war ausreichend und sie musste nichts mehr aufräumen. Sie nahm sich ihr Buch und las:

Im Teenageralter hatte ich meine Sichtweisen. Natürlich habe ich auch heute meine Sichtweisen, aber damals wäre es undenkbar gewesen, andere Sichtweisen und Meinungen zu akzeptieren. Mit dem Alter wird man etwas weiser und kann eher nachvollziehen, dass es andere Meinungen gibt und sie vielleicht sogar annehmen. Andererseits muss ich auch sagen, dass bei älteren Menschen die Gedankengänge und somit die Meinungen so tief verwurzelt sind, dass sie deshalb nicht bereit sind, anderes gelten zu lassen.
Worauf möchte ich hinaus? Nun, wie schon erwähnt, sind es unsere Gedanken, die uns führen und lenken. Im Schnitt 60.000 pro Tag, davon sind nur zwei- bis dreitausend neu und nur ein kleiner Teil spielt sich in unserem Bewusstsein ab. In unserem Unterbewusstsein aber ist richtig viel los, da steppt der Bär, da ist Party angesagt. Wir bekommen davon

nur die Ausläufer mit. Wenn ich heute mit dem Fahrrad un-
terwegs bin, sind viele Gedanken am Arbeiten. Z. B. Gleich-
gewicht halten, lenken, bremsen, treten usw. Beim Erlernen
habe ich bewusst daran gedacht. Heute läuft das automati-
siert ab. Genauso laufen andere Dinge automatisiert. Und so
wie das Fahrradfahren immer „stärker", also besser, wurde,
werden auch andere Dinge verstärkt. Dabei müssen wir wis-
sen, dass negative Gedanken als Schutzmechanismus 20 Mal
so stark sind wie positive.

Nun möchte ich mit einem praktischen Beispiel fortfahren:
Ein Grundschüler wird im Matheunterricht ermahnt, er solle
sich mehr Mühe geben. Zuhause hört er von der Mutter, er
möge sich bei seinen Mathehausaufgaben beeilen, da sie noch
zu einem Termin müssten. Bei einem unangekündigten Test
schreibt er nur eine vier.

Diese drei Geschehnisse waren nicht wirklich gravierend.
Aber sie sind geschehen und schließen sich im Unterbewusst-
sein zusammen. Mit der Zeit verstärken sie sich. Wenn dieser
Schüler in der achten Klasse ist, sind seine Mathenoten unter
dem Durchschnitt und Mathe ist sowieso sein Hassfach. Eine
Begründung hätte er dafür nun nicht. Denn diese würde nur
im Unterbewusstsein zu finden sein.

Solche Geschehnisse können klein, aber auch sehr groß sein.
Unser Unterbewusstsein sammelt Gedanken wie Informatio-
nen und gibt uns so manches vor. Z. B. Phobien, politische
Ansichten oder die Meinung, etwas nicht zu können. Nach
Schockerlebnissen können die Auswirkungen noch größer
sein. Es gibt Menschen, die glauben Tote zu sehen. Sie sind
aber nur in ihren Köpfen. Sie sehen die Bilder und glauben
natürlich daran, dass diese Toten wirklich da sind.

„Wie bei meinem Schatten," dachte Sabine.

Die letzten Wochen waren für sie spannend verlaufen. Sie lernte viel und wäre zu gerne ein anderer Mensch geworden. Aber so einfach und vor allem so schnell war das dann doch nicht möglich. Die Motivation war nicht immer so groß, um sich freuend an die Hausaufgaben zu setzen und nicht immer war die Definition von Ordnung die gleiche wie einige Tage zuvor. Dennoch bemühte sich Sabine sehr. Ob sie im ersten Abschnitt die 90 Prozent erreichen würde, blieb abzuwarten.

„Oh Mist," dachte Sabine, „ich habe Tom vergessen." Sie nahm sich ihr Handy und schrieb ihm. Sie entschuldigte sich für die Verspätung. Er antwortete sofort und die beiden schrieben noch eine Weile. Sie schrieben von der Schule, der Familie und alberten etwas herum. Auf die Uhr schauend, beendete Sabine das Schreiben nach einiger Zeit, damit sie ihre eigene zeitliche Vorgabe einhalten konnte. Pünktlich lag sie im Bett.

Am nächsten Morgen stand sie mit Kopfschmerzen auf. Lustlos ging sie ins Bad. Dort erst stellte sie fest, dass sie ihre Tage bekommen hatte. Sie kamen nun seit gut einem halben Jahr, allerdings noch nicht regelmäßig. Sabine sah sie bisher mit gemischten Gefühlen. Einerseits war es eine neue, interessante Abwechslung, aber andererseits empfand sie es als lästig und es war beschwerlich. Jedes Mal bekam sie Kopfschmerzen dazu und aß alles Mögliche an ungesundem Zeugs. Außerdem erinnerte sie sich an das Aufklärungsgespräch mit ihrer Mutter. Alles, was sie von ihr zu hören bekam, wusste sie längst aus der Schule oder aus dem Internet. Das was sie wirklich interessierte, erzählte ihre Mutter nicht und nachzufragen wäre zu peinlich gewesen. Sabine machte sich im Bad fertig und war froh, keinen Sportunterricht an diesem Tag zu haben. Ihr Kopf brummte, als sie das Haus verließ. Der Himmel war sehr dunkel, doch laut Wetterbericht sollten die Wolken keinen Regen bringen. Sabine verließ sich darauf, sie hatte weder Schirm noch Regenjacke dabeigehabt. Im Bus traf sie auf eine wortkarge Marie. Sie war noch nicht ganz fit. In diesem Winter war sie mehrmals krank gewesen und sie fühlte sich schwach und müde. In die Schule wollte sie dennoch, um nicht zu viel vom Unterrichtsstoff zu verpassen. Schweigend saßen sie nebeneinander. Mehr als die Hälfte der Strecke lag hinter ihnen, als Marie meinte: „Sabine, lass uns sitzen bleiben. Wir fahren immer weiter und weiter. Bis wir im warmen Süden angekommen sind." Ihre Freundin schaute sie an und antwortete: „Geht klar. Bin dabei." An der Schule angekommen zog Marie die Mundwinkel runter und Sabine schnaufte durch. Sie stiegen aus und nach wenigen Metern trafen sie auf Pia. Sie redete gleich auf beide ein und lachte fast gleichzeitig. Nach wenigen Sätzen bemerkte sie die Stimmung der beiden: „He, was ist denn los? Habt ihr was?" Sie überschlugen sich beide nicht mit den Antworten. Pia schaute sie fragend an und Marie antwortete: „Wir fühlen uns nicht." Pia lachte: „Habt ihr eure Tage?" Marie antwortete: „Ich nicht, sie ja." Sabine war peinlich berührt: „Geht es nicht noch lauter? Muss ja nicht jeder wissen."

194

Der Tag wollte nicht vergehen. Ihr Kopf drückte, klopfte und brummte den ganzen Tag. Sie war wirklich froh, als sie die Schule wieder verlassen konnte. Viel nahm sie heute nicht mit. Sie würde sich zwingen müssen, einiges zu wiederholen. Zu Hause ging sie sofort zu ihrer Mutter und fragte nach einer Schmerztablette. Hunger hatte sie keinen. Sie wollte sich ins Bett legen und darauf warten, dass alles wieder verging. Sie nahm die Tablette mit viel Wasser ein und legte sich hin. Es dauerte auch nicht lange und sie war eingeschlafen. Sie bemerkte nicht, wie ihre Mutter reinkam, um nach ihr zu sehen. Später kam auch Emma rein. Sie wollte mit ihrer großen Schwester etwas gemeinsam machen. Von alledem bekam Sabine nichts mit. Sie schlief. Erst am Abend öffnete sie die Augen und erschrak, als sie auf die Uhr schaute. Beinahe panisch sprang sie auf, denn sie musste noch Hausaufgaben machen. Gleichzeitig kam ihre Mutter wieder rein: „Was macht dein Kopf? Haben die Schmerzen nachgelassen?" Sabine war noch gar nicht ganz wach und meinte: „Ich glaube, es ist besser. Ich bin noch gar nicht ganz da. Aber ich muss noch Hausaufgaben machen." Ihre Mutter fragte noch beim Herausgehen: „Möchtest du nicht erst noch etwas essen?" Unsicher kam die Antwort: „Ich weiß nicht. Vielleicht mache ich erst ein paar Hausis."

Für Sabine war es kein sehr erfolgreicher Tag. In der Schule hatte sie nicht viel mitbekommen, den Nachmittag hatte sie verschlafen und abends machte sie hungrig ihre Hausaufgaben und die Unordnung in ihrem Zimmer war ihr gleichgültig.

In diesem Moment empfand sie es ungerecht, ein Mädchen zu sein. Oder vielmehr empfand sie es als ungerecht, dass Mädchen so zu leiden hatten. Sie gab ihrer Periode die Schuld für den misslungenen Tag. Die Hausaufgaben hatte sie einigermaßen hinbekommen. Anschließend aß sie etwas. Emma kam noch einmal in ihr Zimmer. Ihr Handy funktionierte nicht und sie wollte mit Sabines spielen. „Nein," kam die Antwort. Emma ließ aber nicht locker und verschwand nicht sofort. Sie bettelte immer weiter und Sabine hatte keinen Nerv dafür. Also reichte sie es ihr und gab ihr mit auf den Weg: „Aber nur für 30 Minuten. Dann brauche ich es wieder." Wieder allein im Zimmer konnte sie nicht viel mit sich anfangen. Zum Lesen hatte sie gar keine Lust. Sie wollte versuchen, positive Emotionen zu erzeugen. Sie setzte sich noch einmal an ihren Schreibtisch. Sie dachte zunächst an Menschen, die sie mochte. Nach etwa drei Minuten versuchte sie, an etwas Lustiges zu denken. Sie dachte an lustige Erlebnisse, an Witze oder lustige Filmszenen. Zuletzt dachte sie daran, wie die letzten Wochen verlaufen waren und wie sie in ihrem Leben vorangekommen war. Es fiel ihr der Schatten ein. Er verhielt sich erstaunlich ruhig. Oder aber er zog sich tatsächlich ganz zurück. Sabine musste an Lou denken. Er hat sie mit seinem Wissen vorangebracht. Obwohl der Tag mehr negative Eindrücke hinterlassen hatte, verspürte sie eine Dankbarkeit. Sie nahm sich vor, Lou etwas zu schenken. Sie hatte zwar noch keine Ahnung was, aber sie hatte auch noch ein paar Tage Zeit. Sie war doch überrascht, wie gut ihr die

196

vergangenen zwanzig Minuten getan hatten. Ihre Stimmung hatte sich tatsächlich etwas verändert. Sie war etwas positiver gestimmt.

Am nächsten Spätnachmittag, Sabine saß in ihrem Zimmer, kam ihr Vater herein: „Kommst du? Und bring deine Vokabeln mit" Darauf war Sabine gar nicht mehr vorbereitet. Sie war nicht wirklich auf dem Laufenden. Im Wohnzimmer beichtete sie ihrem Vater, der gereizt reagierte. Schließlich sei es ihre Idee gewesen und nun könne sie nichts. Sie wollte es dennoch probieren. Sie wollte sehen, wie viel sie vielleicht doch wusste und aus dieser Situation wollte sie lernen. Es war ein Fehler und Fehler müsse man machen, damit man besser werden kann. Das hatte Sabine inzwischen auch gelernt. Sie machte tatsächlich einige Fehler, aber immerhin weniger als beim letzten Mal.

Ein langer Schultag ging zu Ende. Draußen waren milde Temperaturen und Sabine musste nicht frieren. Im Gegenteil; sie öffnete sogar ihre Jacke. In ihrer Tasche befand sich ein Geschenk. Sie würde gleich Lou im Bus antreffen und für ihn hatte sie eine Tasse verpackt. Auf dieser stand ‚Lebenscoach für alle Fälle' drauf. Sie hoffte, sie würde ihm zusagen. Gemeinsam mit anderen Schülern stieg sie in den Bus. Sofort entdeckte sie Lou und setzte sich zu ihm. Nach dem sie sich begrüßt hatten, wollte Sabine ihr Geschenk gleich überreichen: „Ich möchte mich bei dir bedanken. Du hast mir wirklich viel geholfen. Du hast mir zugehört und mir viel erklärt. Dafür möchte ich dir das schenken." Sie griff in

197

ihre Tasche und holte die in Geschenkpapier eingewickelte Tasse heraus. Lou war überrascht: „Wow. Ich weiß ja gar nicht, was ich sagen soll. Vielen Dank, Sabine. Soll ich es gleich hier öffnen?" Sabine schüttelte den Kopf: „Nein, besser zu Hause." Auf dieser Heimfahrt gab es keine Lehrstunde für Sabine. Die beiden unterhielten sich über dies und das. Doch auch bei diesen Themen verging die Fahrzeit deutlich schneller als an den anderen Tagen. Wenige Minuten später lief sie den Weg von der Haltestelle nach Hause. Abrupt blieb sie stehen und sah sich um. „Bist du echt weg?", fragte sie ihn in Gedanken. „Naja, zumindest optisch. In Gedanken noch nicht. Ansonsten würde ich jetzt nicht mit dir gedanklich kommunizieren." Mit einem kleinen Grinsen setzte sie ihren Weg fort. Nach dem Eintritt in den Flur lief alles den gewohnten Gang: die Schuhe flogen in die Ecke und die Jacke schmiss sie an einen Haken, mit einem ‚Hallo' wollte sie in ihr Zimmer. Ihre Mutter hielt sie jedoch auf: „Sag mal, wolltest du nicht einiges verändern? Wolltest du nicht ordentlicher werden? Dann räum' dein Zimmer auf. Ich habe heute gewaschen und erst später deine Klamotten auf dem Boden liegen sehen." Sabine wusste, wie Recht ihre Mutter hatte. Sie musste sich mehr Mühe geben. Die 90 Prozent rutschten immer weiter auf der Realitätsskala nach unten.

In ihrem Zimmer angekommen, stellte sie eine Mitteilung auf ihrem Handy fest. Sie war von Tom: „Hey, wir sind am kommenden Wochenende auf einer Geburtstagsfeier in eurer Nähe. Wollen wir uns treffen?" Sabine war leicht verwirrt. Was sollte sie denn mit ihm anfangen, fragte sie sich. Sie war froh, sich mit Marie und Pia beschäftigen zu können. Sie wusste aber auch, dass sie sich mit ihm treffen wollte und so antwortete sie ihm: „Ja klar. Ich muss es zwar zu Hause abklären, aber wenn du schon mal in der Nähe bist." Sie legte das Handy auf die Seite. Aus dem Regal nahm sie ein Din A4-Buch heraus. Sie hatte es vor gut einem Jahr geschenkt bekommen. Es war ein leeres Buch zum Füllen von Gedanken. Sie setzte sich an den Tisch und fing zu schreiben an:

Wird das nun ein Tagebuch? Ich weiß es noch nicht. Auf jeden Fall fällt es mir leichter, Texte zu schreiben als Gedichte. Mir ist bewusst, dass ich nicht viel weiß und doch versuche mitzureden. Ich brauche Struktur und kämpfe doch dagegen an. Aber ich werde besser. Ich habe meine Ziele und die möchte ich wirklich erreichen. Aber der Weg ist noch ein Stück – ein ordentliches Stück. Ich muss dranbleiben. Mir die Ziele immer wieder vor Augen halten, mir die Motivatoren anschauen und mir Mühe geben. Ich werde besser werden. Immer besser.

Ich glaube, es gibt noch vieles, was ich ändern möchte oder wo ich besser werden will. Doch ich bin noch jung, stehe erst am Anfang. Ich nehme die Herausforderung an. Die Herausforderung: Leben.

Ich habe mir vorgenommen, nie zu rauchen und nur wenig Alkohol zu trinken. Aber kann ich heute schon wissen, wohin mich mein Gedankenkonstrukt in drei oder vier Jahren führen wird? Inzwischen weiß ich aber, dass schon meine heutigen Gedanken Einfluss darauf nehmen können. Ich habe es in der Hand. Ich kann entscheiden, frei entscheiden, was ich tue und tun werde.

Nein, das ist kein Tagebuch. Es ist mein Gedankenbuch. Mit meinem ersten Eintrag bin ich auch zufrieden. Nun muss ich an mir arbeiten. An meiner Struktur und an meinen Zielen. Ich werde zunächst mein Zimmer aufräumen und mich dann an die Hausaufgaben machen. Ich bin wirklich gespannt und neugierig, was mich noch alles erwarten wird. Ich habe nur ein Leben – und das möchte ich auskosten. Als Teenager und Pubertierende sind wir jungen Menschen schwer zu händeln, aber was sollen wir tun? Das sind die Synapsen und die Hormone. Es liegt an Euch Erwachsenen, uns zu formen und zu erziehen.